너무 길지 않게 사랑해줘

너무 길게 않게 사랑해줘

강지영

민지형

배예람

양은애

최세은

이지북
EZbook

차례

사랑보다 까눌레

배 예 람

사랑이 모든 질문에 대한 답이 될 것이다.

글귀가 새겨진 액자는 하얀색이었다. 먼지 한 톨, 실오라기 한 올이 달라붙어도 선명하게 보일 정도로 새하얗고 새하얀 색. 주영은 액자에서 애써 시선을 돌렸다. 새하얀 것들은 사람을 비참하게 만든다. 그는 오랫동안 그렇게 생각해왔다.

하얀 벽과 바닥, 하얀 테이블, 하얀 의자. 하얀 액자를 비롯한 작은방의 새하얀 것들은 모두 눈이 부셨다. 구석구석 손가락으로 깐깐하게 훑어도 아무것도 나오지 않을 만큼 깨끗했다. 이곳에서 유일하게 새까맣고 거무죽죽한 것은 한가운데에 덩그러니 놓인 주영뿐이었다. 주영은 검은색과 회색이 적당히 섞인 줄무늬 티셔츠를 입고 있었다.

새하얀 것들은 언제나 주영을 압도했다. 조금의 얼룩도 허용하지 않겠다는 듯 앞다투어 빛나는 것들 사이에서 주영은 매번 길을 잘못 든 이방인이 되었다. 하얗고 반짝이는 것들은 주영과 다르게 언제나 당당했는데, 그건 그들이 언제까지고 영원히 반짝일 거라는 믿음에서 우러나오는 태도였다. 어떤 얼룩도 자신을 뒤덮지 못할 거라는 신념, 나는 새까맣게 물들지 않을 거라는 너무도 당연한 진리. 하얀 것들이 그런 의지를 내뿜을 때마다 거무튀튀한 주영은 본능적으로 움츠러들었다.

"어서 오세요, 반갑습니다. 성함이…… 서주영 님?"

주영의 반대편에 앉은 상담사는 상담실과 마찬가지로 하얀 정장을 입었다. 그는 서류를 뒤적이며 콧노래를 흥얼거리다가도 주영과 눈이 마주치면 환하게 웃었다. 완벽한 삼각형이 그려지는 미소를 짓는 남자였는데, 그가 웃을 때면 방만큼이나 새하얀 이가 존재감을 뽐냈다. 평생 이런 사무실에서 일하면 저 사람처럼 하얗게 웃을 수 있게 되는 걸까? 주영은 순간 상담사가 부러웠다.

"옷이 예쁘네요."

상담사가 난데없이 주영의 옷을 칭찬했다. 무난한 줄무늬 티셔츠와 청바지는 결코 칭찬받을 만한 패션은 아니다.

그러니 이건 진짜 칭찬이 아니라 상담을 시작해보자는 선언에 가까울 것이다. 비딱한 마음으로 꼬아 듣자면 얼마든지 꼬아 들을 수 있었다. 새까만 사람들을 진심으로 칭찬하는 건 새하얀 사람들만 누릴 수 있는 특권 아니었던가. 주영은 위협적인 표정을 지으며 다리를 꼬았다.

"너무 긴장할 필요 없어요. 편하게 이야기하면 됩니다. 앞서 설명해드린 것처럼, 여기서는 모든 비밀이 유지되니까요."

주영이 얼굴을 구기거나 말거나 상담사는 신경 쓰지 않고 말을 이었다.

"서주영 님, 24세, 대학생이고. 어디 보자⋯⋯. 장기 연애 휴식자! 성인이 된 이후로 한 번도 연애한 적이 없으시네요. 걱정이 많으시겠어요. 그렇지만 너무 초조해하지는 마세요. 생각보다 이런 분이 많답니다. 제 손을 거쳐 간다면 꿈에 그리던 연인을 당장 만날 수 있어요. 제가 그렇게 될 수 있도록 도울 겁니다, 보장할게요."

상담사는 주영의 얼굴이 박힌 서류를 펼쳤다. 그러고는 준비운동도 없이 본론으로 뛰어들었다.

"남자분이 좋을까요, 여자분이 좋을까요? 혹은 상관없으실지?"

"네?"

사랑이, 모든 질문에 대한……. 저도 모르게 액자 속 글귀에 빠져 있던 주영이 되물었다. 상담사의 물음은 아이스크림 가게에서 바닐라 맛이 좋은지 초콜릿 맛이 좋은지 묻는 것처럼 상냥하고 당연했다. 너무 당연해서 되묻는 게 이상하게 느껴질 정도였다. 세상에 이렇게 어려운 질문이 있나, 고민하는 주영을 뒤로하고 상담사는 이 순간을 수백 번 연기한 원로 배우처럼 리듬을 담아 대사를 읊었다.

"연인을 찾으려면 아무래도 취향을 파악하는 게 먼저라서요. 연애 기록이 남아 있는 분들은 쉽게 이상형을 매치할수 있지만, 주영 님은 그럴 수 없다 보니……. 귀찮으시겠지만 이런 과정이 필요하답니다. 주영 님처럼 장기 연애 휴식자인 분들에게는 이렇게 자신의 취향을 꼼꼼히 따져보는 시간이 생각보다 중요할 수도 있어요. 몰랐던 자신의 취향을 발견하게 될지도 모르거든요."

머리부터 발끝까지 새하얀 남자의 말 그대로였다. 주영은 장기 연애 휴식자였다.

장기 연애 휴식자는 국민 연애 관리공단에 '일 년 이상 연애하지 않았음'으로 등록된 사람을 의미한다. 한번 장기 연애 휴식자로 분류되는 순간, 국가의 엄중한 관리가 시작된다. 틈만 나면 날아오는 우편물, 끝없는 전화와 문자, 국민 연애 관리공단 앱에서 보내는 알림. 그 모든 것들이 주영의 연인을 찾아주고 싶어 시도 때도 없이 안달했다. 지난 몇 년 동안 주영은 우편물을 버리고 전화와 문자를 무시하고 알림을 꺼버렸으나 이제는 더 이상 피할 수 없는 지경에 다다르고 만 것이다.

"남자가 좋은지 여자가 좋은지 상관없는지는…… 한 번도 생각해본 적이 없는데요."

"그러실 수 있어요. 그러면 일단 지금까지 좋아했던 사람들이 어떤 분들이었는지, 외양이나 성격을 묘사해주실 수 있나요?"

"누굴 좋아해본 적이 딱히 없는데……."

"그러실 수 있습니다. 걱정하지 마세요. 아직 운명의 상대를 만나지 못한 것뿐입니다. 제가 다 해결해드릴 수 있어요. 음…… 혹시 다른 조건이 있을까요? 성별 제외하고 외모나 성격, 재력, 가치관, 취미, 어느 것이라도 좋습니다! 이상적이라고 생각하는 데이트를 말씀해주셔도 좋고요. 아, 그것도 어렵다면…… 이상형 하면 떠오르는 연예인?"

주영은 머릿속을 더듬는다. 곧바로 떠오르는 사람은 없지만, 생각하고 또 생각하니 그래도 희미하게 드러나는 얼굴이 몇 있었다.

"구성민이요, 얼마 전 영화에 나왔던."

"아하, 남자다운 인상을 좋아하시는군요!"

"그런 건 모르겠고 미술관에 전시된 조각상 같다고 생각했어요. 이목구비 비율이 완벽해서."

"음, 또 다른 사례가 있을까요?"

"가수 중에 이유미?"

"어떤 점이 좋으셨어요?"

"착하게 웃는 게 기억에 남아요. 저도 저렇게 웃을 수 있으면 좋겠다고 생각했⋯⋯."

"음, 또 다른 사례는요?"

주영의 이상형 찾기는 계속 이어졌다. 영화 취향이 신기했던 배우, 사고방식이 독특해 기억에 남은 유명 운동선수, 코끝의 점이 독특해서 인상적이었던 인플루언서⋯⋯. 주영은 떠오르는 얼굴들을 끝도 없이 주워섬겼으나 그 누구도 상담사를 만족시키지 못한 게 분명했다. 그는 서류에 쉴 새 없이 무언가를 휘갈겼으며, 주영의 대답을 들을 때마다 점점 어두운 얼굴이 되었다. 주영은 꼬았던 다리를 풀고 필사적으로 머리를 굴렸다. 아직도 부족한 건가. 이렇게 성심성의껏 대답하는데, 도대체 무슨 정보가 더 필요한 걸까?

무엇을 말해야 하지? 아니, 내가 무엇을 더 말할 수 있지?

주영이 머리카락을 거칠게 쥐어뜯고 싶어질 즈음, 상담사는 마침내 거친 손놀림으로 필기하던 것을 멈추었다. 그가 주영을 향해 미소를 지었으나 이번에는 하얀 이가 많이 보이지 않았다.

"주영 님께 추천해드리고 싶은 프로그램이 하나 있습니다. 국가에서 지원하는 한 달짜리 합숙 소개팅이죠. 국가사업이라 당연히 비용은 들지 않고요. 사실 제가 이번에 담당하는 프로그램이라 참여하시면 저와 꾸준히 상담도 할 수 있답니다. 장기 연애 휴식자 위주로 지원받고 있어서 주영 님이라면 바로 뽑힐 겁니다. 특히 주영 님처럼 고위험군에 속하기 직전인 장기 연애 휴식자라면……."

"고위험군이요?"

"알고 계시겠지만, 장기 연애 휴식 상태가 오 년이 넘어가면 고위험군으로 분류되셔서 국가에서 좀 더 직접적인 개입이 들어오게 됩니다. 방금 제가 제안해드린 것 같은 프로그램에 주기적으로 필수 참여하셔야 하고요. 분기별로 연애 상담과 소개를 받으면서 적극적인 구애 상태라는 것을 국가에 증명하셔야 해요. 증명하지 못하면 벌금까지 내야 하니까 아무래도 주영 님으로서는 귀찮은 일이 배로 늘어나게 되죠."

그놈의 장기 연애 휴식자. 주영은 참고 참았던 질문을 마침내 꺼내버리고 말았다.

"제가 연애하지 않는 게 무슨 해를 끼치는 것도 아닌데, 왜 이렇게까지 해야 하는 건데요?"

뾰족한 목소리로 투덜거린 후에야 주영은 자신이 아주 오래전부터 이렇게 묻고 싶었다는 걸 깨달았다. 주영이 뒤늦은 깨우침에 허우적대는 동안 상담사는 대수롭지 않다는 듯 대답했다.

"주변에 해를 끼치는 것은 아니지만, 주영 님 본인에게는 해를 끼치는 일이죠. 주영 님이 행복해질 수 있는 가장 쉬운 기회를 포기하는 것이니까요. 특히 주영 님은 나이까지 어리니……. 가장 젊고 예쁜 시기를 사랑하는 사람에게 보여주지 못했다는 게 얼마나 후회스러운지, 좀 더 나이를 먹으면 알게 될 겁니다."

상담사는 덧붙였다.

"누군가와 연애하고 사랑한다는 것은, 인류가 세상에 나타난 순간부터 지속되어온 전통이며 인간의 본능입니다. 그건 살면서 얻을 수 있는 가장 큰 행복이고 축복이에요. 누군가에게는 사는 이유가 되기도 하죠. 뜬구름 잡는 소리처럼 들릴 수도 있겠지만 너무 걱정 마세요. 주영 님은 아직 운명의 상대를 만나지 못한 것뿐이에요. 만나면 자연스레 알게 될 겁니다. 그게 바로 진정한 어른이 되는 과정이에요."

그렇기에, 사랑이 모든 질문에 대한 답이 될 것이다.

주영은 상담사가 내민 서류를 가만히 읽어보았다. 국민 연애 지원사업 '사랑할 기회'. 장기 연애 휴식자로 분류된 성인 남녀 여러 명이 한 달간 합숙하며⋯⋯. 간신히 따라 읽어봤지만 그 뒤는 좀처럼 눈에 들어오지 않았다. 말하고 싶은 게 뱃속을 꽉 채워 속이 더부룩할 지경이었다. 차곡차곡 쌓여 목구멍을 틀어막아버린 것들의 맨 위, 오랜 체념과 탄식을 담은 자조가 차마 입 밖으로 내뱉어지지 못하고 혀 끝에 아슬하게 걸렸다.

'그럼 나는 영원히 진정한 어른이 되지 못할 수도 있겠네.'

그렇지만 굳이 내뱉지 않았다. 이번에도 자신이 틀렸을 게 분명했다. 항상 그랬으니까. 새하얀 세상에서 새까만 파문을 일으키는 얼룩은 주영 하나뿐이었으니까.

상담사가 이번에는 신청서를 내밀었다. 그는 본인이 행복이라 믿는 것을 주영도 경험하기를 바라는, 확신과 친절

함으로 가득 차 감히 침 뱉을 생각조차 못 하게 만드는 웃음을 지었다.

주영은 신청서의 모든 기입란을 채워 넣고 마지막으로 서명했다. 당장 다음 주부터 주영은 국민 연애 지원사업인 '사랑할 기회'의 참여자가 되어 짝을 찾기 위한 여정을 시작하게 될 것이다. 조그마한 하얀 방에 짧은 문장이 내린 축복처럼, 사랑이 모든 질문에 대한 답이 되고 주영을 구원할 것이므로.

그러니 이건, 두말할 것 없이 주영의 연애에 관한 이야기다.

＊

합숙소는 생각보다 더 괜찮았다. 수영장과 헬스장, 작은 도서관과 거대한 식당, 마사지실에 노래방까지 있었으며 전체적으로 흰색을 머금은 부드러운 인테리어가 인상적이었다. 상담사의 말을 인용하자면, '사랑에 빠지지 않을 수 없는 곳'이었다. 상담실과 마찬가지로 합숙소 곳곳에는 먼지 하나 날리지 않았는데, 그건 보라색 유니폼을 입고 죽은 듯이 사방을 쓸고 다니는 관리인 덕분이었다. 그는 매번 발소리도 없이 등장해 참여자들을 깜짝 놀라게 하고는 했다. 주영은 그의 표정 없는 얼굴을 마주할 때마다 그의 심정을 십분 이해할 수 있었다. 짝을 찾기 위해 눈이 벌겋게 달아오른 참여자들을 가까이서 지켜봐야 하는 것은 생각보다 고역이었다.

"왜 닉네임이 까눌레야?"

합숙소에서는 모두 본인이 불리고 싶은 닉네임을 사용한다. SNS에서 활발하게 활동하는 사람이거나 유명인인 경우, 이름만 들어도 상대를 알아볼 수 있으니 그런 경우를 방지하기 위해 생긴 규칙인 모양이었다.

한 달간의 프로그램 중 첫 이 주 동안, 참여자들은 서로의 이름도 나이도 모른 채 조금씩 가까워진다. 마음에 드는 사람과 대화하며 흥미와 취미를 나누고, 성향과 가치관을 파악한다. 이 주가 지나면 서로의 이름과 직업을 알아가며 점점 더 관계가 깊어지고, 합숙소를 떠나기 전 마지막으로 연인이 될 사람을 최종 선택한다. 그 모든 것을 프로그램에 함께하는 상담사가 지속적으로 관찰하고 기록한다.

은비의 닉네임은 그냥 본인의 이름 '은비'였다. 주영의 닉네임은 '까눌레'였다. 겉이 바삭하고 속은 촉촉하며, 바닐라 향을 풍기는 달콤한 디저트.

"좋아해서."

"그래? 난 왜 몰랐지."

"말할 기회가 없었나 보지."

주영의 대답에 은비는 눈에 띄게 서운한 표정을 지었다.

늦은 밤, 두 사람은 합숙소 근처 산책로를 걷는 중이었다. 합숙이 시작된 지 일주일이 지났다. 그동안 주영은 강제로 데이트 파트너를 골라야 하는 고초를 겪었다. 주영의 데이트 파트너는 무조건 은비였다. 같은 고등학교를 졸업하고 현재 같은 대학에 다니고 있는 사람.

은비는 긴 검은 머리를 항상 윤기가 흐르도록 유지했다. 그러다 최근에 옆머리가 광대에 닿을 정도로 싹둑 잘랐다. 덕분에 일본 만화에서 자주 보이는 머리 스타일이 되었는데, 그게 이상하지 않고 절묘하게 잘 어울렸다. 새하얀 얼굴에 항상 하얀 블라우스를 입는 은비는 쉬지 않고 연애했다. 주영과 가까운 친구였지만 그 이상 가까워지지 못한 건 그 때문이었다. 주영은 은비가 현재 여자 친구와 전 여자 친구와 전전 여자 친구에 대해 불만을 쏟아내며 언성을 높이고 종종 눈물을 훔치는 과정을 조금도 이해하지 못했다. 주영이 차갑게 식어버린 얼굴로 잠자코 침묵을 유지할 때마다 혼자 불타오르고 혼자 가라앉던 은비는 멋쩍게 웃으며 말하고는 했다. 너도 좋아하는 사람 생겨봐, 나처럼 될 거다.

은비의 선언이 저주가 되어버리기라도 한 것일까. 은비가 주영에게 그렇게 말하기 시작한 지도 벌써 칠 년이 넘었으나 주영은 아직도 좋아하는 사람을 만나지 못했다.

은비가 마지막 여자 친구와 헤어진 건 삼 개월 전이라고 들었다. 길지 않은 공백을 참지 못하고 마침내 이런 프로그램까지 섭렵하려 들었다는 것에 주영은 절로 혀를 내둘렀으나, 어쨌든 은비가 있어서 다행이었다. 은비가 아니었다면 지난 일주일이 정말 곤란했을 터였다.

모두가 보는 앞에서 자기소개하고, 이상형을 고르고, 데이트할 사람을 지목하는 모든 게 주영은 너무 곤혹스러웠다. 위태로운 순간들을 무사히 넘길 수 있었던 건 모두 은비 덕분이었다. 이상형으로, 데이트 상대로, 가장 마음에 드는 파트너로 은비를 고를 때마다 은비는 반갑다는 듯 웃어주었다.

"야, 까눌레야."

"응."

"나 진짜 할 말 있어."

비에 젖은 산책로를 성큼성큼 걸어나가던 은비가 별안

간 걸음을 멈추었다. 주영은 은비를 따라 제자리에 섰다. 추운지 양 볼이 발그스름하게 달아오른 은비의 얼굴은 결연했다.

"너 우리 이모 알지? 얼마 전에 〈셰프 인 러브〉 나와서 최종 커플 됐잖아."

알고 있었다. 주영도 보았다. 은비의 이모가 뽀얗게 보정된 화면 속에서 명대사를 날리는 것을.

"사랑을 하지 않는 건 죄악이에요!"

여유로움과 귀여움을 동시에 갖춘 전문 셰프가 발랄하게 외친 그 문장은, 프로그램의 정체성이 되어 한동안 인터넷을 뜨겁게 달구었다. 모두가 그 말에 열렬하게 공감했다. 그의 말대로, 사랑하지 않는 건 죄악인 세상이 도래하였으므로.

신도 막을 수 없는 지독한 사랑이 전염병처럼 이 좁은 땅덩어리를 뒤덮기 시작했던 게 정확히 언제부터였는지 누구도 정확히 짚을 수 없었다. 사실 아무도 궁금해하지 않았다. 무엇이 문제인가, 그저 이 순간을 즐기면 그만인데. 사랑이 넘쳐나고 사랑하는 것이 너무도 당연한 이 순간을.

정부에서는 국민 연애 관리공단을 설립해 국민에게 핑크빛 기류를 선물하려 애썼다. 수많은 방송국과 제작사들은 연애 프로그램을 끝도 없이 만들었다. 파일럿만 등장하는 연애 프로그램, 셰프만 등장하는 연애 프로그램, 요즘 핫하다는 인플루언서들과 한물간 연예인들이 등장하는 연애 프로그램. 방송 중인 연애 프로그램만 수백 개가 넘었다.

넘치고 넘쳐 포화 상태인데도 시청자들은 가장 뜨겁게 사랑하고 열렬하게 연애하는 커플이 탄생할 때마다 환호성을 질렀다. 인기 있는 프로그램에서 최종 커플이 된 사람들은 단숨에 연예인급 대우를 받았다. 팬 미팅이 열리고, 두 사람의 일거수일투족을 담은 영상이 수백만 조회수를 돌파하고, 두 사람의 이야기를 담은 전시를 보기 위해 사람들은 매일같이 줄을 섰다.

사랑의 시대, 사랑하지 않는 것은 죄악인 시대, 사랑이 모든 질문에 대한 답이 되는 시대. 모두가 인간으로서 마땅히 누려야 하는 사랑을 마음껏 즐기고 있는 와중에 주영은 이상하게 홀로 시큰둥했다.

"우리 이모 지금 엄청 인기 많잖아. 내년 봄에 결혼한다는데, 보면서 진짜 부럽더라. 나도 이모처럼 항상 찾고 싶었거든, 내 반쪽."

"반쪽?"

"너는 그런 적 없어? 가끔 내가 완벽하게 잘린 반쪽짜리 인간처럼 느껴지는 순간. 어딘가에 내 반쪽이 존재할 거라는 희미한 믿음이 느껴지는 순간 말이야. 아, 나는 반이 잘려 있구나. 반이 비어 있구나. 평생 내 반쪽을 찾는 게, 이 반쪽을 채워나가는 게 내 인생의 과제겠구나. 뭐, 그런 기분."

주영은 천천히 고개를 저었다. 은비가 그럴 줄 알았다는 듯 웃기에 주영은 설명할 수 없는 어떤 절망을 느꼈다.

반쪽을 찾아야겠다는 은비의 두 눈은 어김없이 빛나고 있었다. 선명한 믿음과 목표를 품은 새하얀 광채가 두 눈에서 흘러나왔다. 상담사의 하얀 미소와 마찬가지로 주영은 절대로 가질 수 없는 눈이었다. 그때와 마찬가지로 주영은 은비가 부러워졌다. 주영은 언제나 하나였으니까.

지독하게도 온전한 하나. 반이 잘리지도 부족하지도 않은, 그냥 하나. 설령 흐늘거릴지라도, 틈만 나면 넘어지고 꺾일지라도, 주영은 어찌 되었든 하나였다. 영원히 변하지 않을 하나. 평생 혼자여서 외로울, 그런 하나.

모든 인간은 저렇게 반쪽을 잃은 채로 태어날까? 반쪽을 욕망하고 갈구하는 것을 평생의 목표로 삼을까? 한 쌍이 만나 결합하고 그렇게 완벽한 하나를 이루는 것이 이상적인 삶일까? 나는 애초에 잘못 태어나버린 돌연변이일까? 그렇다면 내게 인간이라고 불릴 자격이 있을까? 사랑을 모르는데, 사랑이 왜 모든 것에 대한 대답이 되는지 알지 못하는데?

"프로그램 끝나면 며칠 뒤에 크리스마스인 거 알지? 타이밍 엄청 좋더라."

은비가 숨을 들이쉬더니 천천히 말을 골랐다.

"나 사실 여기 너 따라서 지원한 거야."

"응?"

"몰랐지? 그럴 줄 알았어. 나 고등학교 때부터 엄청 티 냈는데, 너 한 번도 반응 안 했잖아. 진짜 몰랐던 건지 모른 척한 건지는 모르겠지만."

"……."

"지금 말 안 하면 평생 말 못 하겠다 싶었어."

"……."

"나랑 최종 파트너 하는 거 어떻게 생각해?"

주영은 이제야 은비의 얼굴이 왜 붉게 달아올랐는지 알아챘다. 아무리 생각해도 자신은 이런 쪽으로 눈치가 턱없이 부족했다. 갈라지지 않은 고스란한 하나에게는 부족한 것이 아주 많았고 눈치 역시 그중 하나였다.

주영은 은비와 함께 있는 미래를 상상해보았다. 주영은 은비를 좋아했다. 좋아하지 않을 수가 없었다. 순 제멋대로에 엉망진창이어도 사랑할 수밖에 없는 친구였다. 잠깐, 사랑? 이것도 사랑이라고 부를 수 있나? 주영은 분명 은비를 사랑했지만, 아무래도 그 사랑은 세상이 제시하는 사랑의 기준에 조금도 미치지 못할 게 분명했다.

　그러므로 나도 너를 사랑한다고 쉽게 입 밖으로 내뱉을 수 없었다. 주영의 사랑과 은비의 사랑은 달라도 너무 다를 게 분명했으니까.

　시도는 해볼 수 있지 않을까? 주영은 오만하게도 그런 고민을 했다. 은비는 제멋대로에 엉망진창이어도 사랑스럽고, 같이 있으면 즐거웠다. 남들이 말하는 연인의 보편적인 기준을 충족하는 사람이며 주영과 오랜 시간을 함께했고 서로를 잘 알았다. 고등학교 때 담임 선생님이, 대학교 신입생 때 만났던 친절한 선배가, 심지어 엄마까지도 주영에게 말했듯 만나다 보면 좋아질지도 몰랐다. 한번 편하게 만나봐. 그러면 좋아질 거야. 모두가 그렇게 쉽고 가볍게 말했다. 좋아하는 마음이 쉽고 가볍게 생기는 것처럼 굴었다. 그러면서 또 언제는 연인이 일생일대의 중요한 문제인 것처럼 호들갑을 떨지. 운명 같은 사랑을 원했다가, 아무나 쉽게 만나보라며 등을 떠밀었다가, 자신의 상실을 메꿔줄 반쪽을 손꼽아 기다렸다가, 그렇게 꼬리에 꼬리를 물고 끝없이 반복되는 지겨운 굴레. 그 안에서 주영은 어느 장단에 맞추어야 할지 늘 헷갈렸다.

"생각할 시간이 좀 필요해."

은비는 안도의 한숨을 내쉬었다.

"단칼에 거절할 줄 알았는데, 의외네."

은비는 손을 내밀고 주영과 힘차게 악수했다. 은비가 웃을 때면 하얀 이가 눈부시게 빛났다. 주영은 저 미소가 사라지는 걸 보고 싶지 않았다. 그렇지만 저 미소를 세상의 기준대로 사랑하고 있는지는, 정말 다른 문제였다. 악수를 마친 은비가 상기된 얼굴로 주영의 곁을 스쳐 지나갔다.

문득 저 멀리서 이 광경을 지켜보고 있던 관리인과 눈이 마주쳤다. 보라색 유니폼을 입은 그는 주영과 눈이 마주치자 벽 뒤로 몸을 숨겼다. 뻔뻔하게 두 눈을 맞추고 고개 숙여 인사했다면 자연스러웠을 텐데, 그는 손에 쥐고 있던 빗자루와 쓰레기를 놓치며 과하게 허둥거렸다. 이 합숙소에서 수십, 수백 명의 참여자가 사랑을 찾아 떠나는 모습을 지켜본 그라면 주영에게 단번에 답을 내려줄 수 있지 않을까. 어쩌면 주영을 보자마자 알아차릴지도 몰랐다. 사랑이 없는 주영의 얼굴을 꿰뚫어 보며, '관상을 보니 확실하네. 넌 돌연변이야. 그러니 영원히 사랑 따윈 모른 채 홀로 외로이 떠돌아다니다 죽을 거야!' 하고 저주인지 축복인지 모를 판결을 내려줄지도 몰랐다.

벽 뒤로 사라진 보라색 유니폼은 다시 그 모습을 드러내지 않았다. 주영은 잠자코 뒤돌아 은비가 사라진 길을 따라 걸었다. 주영은 영원히 사랑 따윈 모른 채 홀로 외로이 떠돌아다니다 죽기를 원했다.

＊

"여기서 파트너를 못 찾으면, 아마 또 합숙 프로그램 참여하라고 공문이 날아올걸요."

"네? 상담사가 그런 말 안 했는데."

"속으신 거죠. 한번 참여하면 계속 참여해야 한대요, 연인이 생길 때까지."

닉네임 '우태'는 주영의 두 번째 데이트 파트너였다. 점잖고 말수가 적은 그는 수제비를 빚다 만 밀가루 반죽처럼 생겼다. 은비를 피하려다 얼떨결에 선택해버린 남자였다. 참여자 중에서도 유독 숫기가 없고 나서는 일이 없어, 그가 똑같이 주영을 선택할 거라고는 전혀 기대하지 않았었다. 결국 이렇게, 상담사가 지정해준 대로 우태와 꾸준히 데이트하는 꼴이 되었지만.

다행히도 우태는 주영과 죽이 잘 맞았다. 영화 취향도 비슷했고 예민한 지점도 사나워지는 포인트도 같았다.

"시청 광장 근처에 까눌레를 정말 잘하는 집이 있어요. 늦게 가면 못 먹을 수도 있으니 서둘러야 해요."

우태는 주영만큼 디저트를 좋아해서, 주영에게 까눌레가 맛있는 베이커리를 몇 군데 추천해주기도 했다. 주영은 그가 추천해준 베이커리의 이름을 따로 기록해두었다.

우태는 주영처럼 장기 연애 휴식자였다. 그는 주영보다 두 살 어렸고, 성인이 된 후로 누군가와 연인 관계를 맺은 적이 아직 없었다. 한마디로, 우태와 주영 모두 국민 연애 관리공단 앱에 정식으로 등록된 연애 횟수가 0이라는 뜻이었다.

데이트 코스로 베이킹을 하는 내내 우태는 점잖고 조심스러웠다. 반죽을 하고 초콜릿 칩을 부수는 손길 하나하나가 섬세했다. 언제나 시끄럽고 힘이 넘치던 은비에게서는 느껴볼 수 없었던 고요함이었다. 주영은 우태의 고요함이 퍽 마음에 들었고, 그래서 저도 모르게 은비와의 이야기를 털어놓았다.

"지금까지 친구로 지내면서 한 번도 몰랐어요?"

"몰랐어요, 몰랐는데…… 다시 생각하니까 떠오르는 기억이 하나 있더라고요."

"뭔데요?"

"신입생 때 자주 붙어 다녔거든요. 아무래도 대학에 적응하는 게 쉽지 않으니까 서로한테 많이 의지했어요. 거의 몇 달을 그렇게 지냈는데, 어느 날 자취방에 저를 초대하더라고요. 한 번도 그런 적이 없었는데."

"그래서요?"

우태가 잘 구워진 빵 위에 생크림을 발랐다. 우태의 티셔츠는 생크림만큼이나 새하였다.

"지금에야 생각하는 거지만, 그날 유독 뭔가 이상했어요. 엄청 초조하고 긴장한 것처럼 보였고요. 근데 뜬금없이 저녁을 차려주더라고요. 맛있게 먹고 적당히 놀다가 가려는데 은비가 가지 말라고 붙잡았어요. 그때는 '뭐지? 필요한 게 있나?'라고 생각하다가 그냥 떠났는데……. 음, 지금 생각하면 나름 신호였던 것 같기도 하고. 표정이 진짜 이상했거든요."

우태는 잠자코 생크림을 펴 바르고 갖가지 과일이며 쿠

키로 그 위를 장식했다.

주영은 심드렁하게 물었다.

"난 어디가 잘못된 걸까요?"

"잘못되었냐고요?"

"인간으로서 마땅히 있어야 할 무언가가 빠져 있다는 생각도 들어요."

"고작 연애 좀 안 했다고요?"

"그게…… 좀 다르다니까요. 설명을 못 하겠네."

자리에서 벌떡 일어나려던 주영이 테이블에 몸을 부딪혔다. 우태가 머랭을 휘젓기 위해 올려두었던 볼이 아래로 떨어지며 바닥이 엉망이 되었다. 주영은 한숨과 함께 몸을 굽혔다. 우태가 다가와 주영을 도와주었다. 잠시 두 사람의 손가락이 맞닿았다. 우태가 주영의 손을 부드럽게 잡았다가 놓았다. 주영은 우태의 손이 생각보다 크고 딱딱하다고 생각했다.

밖에서 소란을 들었는지 보라색 유니폼을 입은 관리인이 종종걸음으로 들어왔다. 그는 능숙하게 바닥에 남은 흔적을 치웠다. 바닥을 닦던 그가 주영을 흘긋 올려다보았다. 주영은 왠지 모를 기대를 담아 그를 빤히 마주 보았으나 관리인은 들어올 때처럼 소리 한 번 내지 않고 재빠르게 사라졌다. 베이킹실 안에는 결국 또 주영과 우태, 둘만 남고 말았다.

"누구에게나 운명의 상대는 있다고 생각해요."

우태가 적막을 깨며 천천히 입을 열었다.

"단지 운명의 상대를 만나는 데 얼마만큼의 시간이 걸리는가의 문제 같아요. 그게 십 년이 될 수도, 이십 년이 될 수도, 죽기 직전이 될 수도 있죠."

"……."

"시간은 중요하지 않다고 생각합니다. 하지만 언젠가 만나게 되어 있어요. 그걸로 충분하다고 생각하면 어떨까요?"

우태가 잔잔하게 웃었다. 주영은 그 미소에서 묘한 안도감을 느끼는 자신을 발견했다.

그와 더 가까워지고 싶었다. 그와 함께 있는 게 즐거웠다. 최종 선택 파트너로 우태를 고르면 어떨까도 싶었다. 아마 주영이 느려도 이해해줄 것이다. 우태는 충분히 그럴 사람처럼 보였다. 주영이 우태와 가까워지는 속도가 느려도, 우태를 좋아하는 속도가 느려도, 우태와 닿고 싶어 하지 않아도, 결국은 우태를 떠나게 되더라도 이해해줄 것 같았다. 그러나 주영은 거기까지 생각하고는 고개를 흔들었다. 이래서야 우태를 이용하는 꼴밖에는 안 되었다.

하지만 모두가 그렇게 말했듯이, 우태를 만나다 보면 좋아질 수도 있지 않을까? 평생 혼자 남지 않기 위해서는 지금이라도 우태를 좋아하도록 노력해야 하는 것 아닐까?

더 긍정적으로 생각해보자. 모든 사람이 그렇게 말했듯, 좋아하는 사람을 만나면 달라질 수도 있다. 만나다 보면 좋아지고, 좋아하는 사람을 만나면 달라진다. 우태를 만나다 보면 우태가 좋아질 것이고 우태가 좋아지면 주영은 달라질 것이다. 그렇게만 될 수 있다면, 주영은 우태와 연애할 수 있을 것이다. 남들이 말하고 모두가 바라는 평범한 연애. 주영의 삶에는 결코 존재하지 않는다고 생각했던 그것.

주영이 고민하는 동안 우태는 본인이 만든 빵과 디저트를 진열했다. 만드는 솜씨가 수준급인 것을 보니 베이킹 경험이 있는 게 분명했다. 손 하나 까딱하지 않은 주영은 우태가 만든 디저트를 한가롭게 즐겼다. 까눌레가 없는 게 아쉬웠다. 자신의 작품들을 우적우적 씹어 삼키는 주영을 바라보던 우태가 물었다.

"시간 참 빠르네요, 그렇죠?"

그러고 보니 합숙소에 들어온 지도 벌써 이 주가 흘렀다. 내일이면 서로의 이름과 직업을 밝히고 참여자들은 서서히 한 명의 파트너에게 집중하기 시작할 것이다. 만약 이곳에서 주영이 누군가와 깊게 관계를 맺는다면, 그 사람과 최종 파트너가 되어 장기 연애 휴식자 상태를 탈출한다면, 그 누구보다 기뻐할 사람은 주영의 가족이었다.

주영의 가족은 무난하게 친절하고 다정했다. 대개 높은 확률로 주영을 믿어주고 주영의 편을 들어주었다. 그들이 주영을 결코 내버려두지 못하는 건 연애, 그러니까 사랑에 관해 이야기할 때뿐이었다.

얼마 전 스물일곱 번째 결혼기념일을 맞이했음에도 여전히 잉꼬부부인 부모님과 하루가 멀다고 연애 상대를 갈아치우는 동생이었다. 그들은 틈만 나면 주영을 쪼아댔다. 아닌 척하지만 뒤에서는 진지한 얼굴로 주영에 대해 논의했을 것이다. 혹시 주영에게 무언가 부족한 지점이 있는 건 아닐지, 몰래 연애를 하는 것은 아닐지, 몰래 연애를 한다면 도대체 왜 숨기려고 하는 건지. 그런 무의미한 질문들을 던지며 주영이 운명의 상대를 데려오기를 간절히 기도할 것이다. 주영은 누군가를 왜 그렇게까지 사랑해야 하는지, 단지 그 이유를 찾지 못했을 뿐이었는데도.

주영은 많은 것을 사랑했다. 가족을 높은 확률로 사랑했고 엉망진창인 은비를 사랑했다. 까눌레를 사랑했고 유난히 파란 하늘을 사랑했다. 음악을 사랑했고 우태가 베이킹할 때의 고요함을 사랑했다. 하다못해 밴드가 합주하던 중 실수로 음이 튀는 순간마저 사랑했다. 주영은 사랑하는 게 아주 많았다. 그런데 연인을 만들지 않는다는 이유로, 주영은 한순간에 사랑을 모르는 사람이 되었다. 연인이 없는 주영은 매 순간 자신의 사랑을 증명해야 했다. 주영은 아무도 인정해주지 않는, 아무도 관심 두지 않는 자신의 사랑이 종종 애처로울 때가 있었다.

사랑이 모든 질문에 대한 답이 된다고 했지만, 그곳에 주영의 사랑을 위한 자리는 존재하지 않았다.

우태가 컵케이크를 씹는 데 열중하던 주영을 향해 대뜸 내뱉었다.

"어차피 내일이면 알게 되겠지만, 내 이름 태우예요."

우태, 아니 태우는 갑자기 어쩔 줄 몰라 하는 민망한 얼굴로 턱을 긁었다. 주영은 직감했다. 주영은 저런 얼굴을 본 적 있었다. 태우는 어렵게 운을 뗐다.

"혹시 몰라서 물어보는 건데요, 최종 선택 때까지 이렇게 데이트해보는 건 어떨까요?"

그러더니 두 손을 차분하게 흔들었다.

"강요는 아니에요."

주영은 기꺼이 그러겠노라고 대답하고 싶었다. 태우를 간절히 원하고 싶었다. 자신이 태우와 데이트하고 싶어 한다면 얼마나 좋을까. 태우의 제안에 자신도 저렇게 얼굴이 붉어질 수 있다면, 자꾸만 태우의 얼굴에 눈이 가고 그와 닿고 싶어질 수만 있다면 얼마나 좋을까.

하지만 태우의 제안에 주영은 아무런 감흥도 느끼지 못했다. 그저 태우의 턱에 점이 있다는 사실을 되새겼을 뿐이다.

"생각할 시간이 좀 필요해요."

태우는 안도의 미소를 지었다.

남은 데이트를 진행하는 동안 태우는 별다른 말을 하지 않았으나, 주영의 머릿속은 쉴 새 없이 요동쳐 절로 귀를 막고 싶을 정도로 시끄러웠다.

✳

"이번 합숙에서 연애 상대를 찾지 못하면 고위험군 장기 연애 휴식자가 된다고요?"

"그렇습니다. 고위험군 장기 연애 휴식자가 될 경우, '사랑할 기회' 같은 프로그램에 주기적으로 참여하시거나 연애 상담과 소개를 꾸준히 받으셔서 적극적으로 구애 중인 상태라는 것을 국가에 증명하셔야 해요. 증명하지 못하면 벌금을 내셔야 하고, 또⋯⋯."

"잠깐만, 저 아직 오 년을 채우려면 좀 남았잖아요?"

"어제부로 고위험군 장기 연애 휴식자 기준이 삼 년으로 바뀌었습니다."

"지들 마음대로네⋯⋯."

"법이란 게 원래 그렇잖아요."

상담사가 짧게 웃었다.

"아무튼, 주영 님께서는 이미 삼 년을 초과하셨기 때문에 합숙소에서 연인을 찾지 못하신다면 당장 연애 휴식세를 비롯해, 조만간 벌금까지 낼 수 있어요."

"참 나."

주영이 대놓고 빈정거렸지만 상담사는 부드럽게 주영을 무시했다.

"그러니 이번 프로그램에서 운명의 상대를 선택하시면 됩니다. 간단하게 해결될 문제예요! 은비 님과 태우 님 중 한 분은 어떠실까요? 주영 님은 한 달 동안 그 두 분하고만 데이트하셨더라고요."

"딱히 좋아서 그런 건 아니에요. 아, 좋은 사람들이 아니라는 게 아니라……."

"그렇다면 한번 만나보는 건 어떠세요? 연애라는 게, 원래 항상 그렇게 크고 강한 감정으로만 시작되는 건 아니랍니다. 사소한 호감에서 시작되어 점점 발전한 끝에 아름답게 사랑이라는 이름의 꽃을 피우는 것이죠!"

"언제는 운명의 상대를 만나야 한다고 그러시더니. 그렇게 좋아하는 것도 아닌데 왜 연애를 시작해야 하는 건지 저는 이해가 잘 안되는데요.'"

"외로우니까요. 주영 님은 외롭지 않으세요? 옆에 누군가 있었으면 좋겠다는, 나만 바라봐주는 단짝이 있었으면 좋겠다는 생각이 들지 않으시나요? 다른 사람들에게 눈 돌리지 않는 든든한 내 편이?"

"뭘 그렇게 당연한 소리를 하세요. 당연히 외롭죠."

"그것 보세요! 주영 님도 역시……."

"근데 그건 제가 혼자 감당해야 할 몫이잖아요."

"……."

"다른 누군가가 애써 시간과 노력을 들여가며 채워줄 필요 없다고요."

상담사는 주영의 말을 듣고도 환하게 미소 지었다. 어떻게 하면 저렇게 해가 없고 새하얀 미소를 그러면서도 조금도 당신을 이해하지 못했다는 의미를 담은 표정을 지을 수 있을까.

상담사의 미소 앞에서 주영은 한없이 무력해졌다. 절대 구부러지지 않는 신념을 지닌 사람을 뒤흔들어야 할 때 종종 느껴지는 종류의 무력함. 새까만 주영이 도저히 물들일 수 없는 새하얀 무언가를 마주했을 때 견뎌야 하는 체념. 얼룩 속에 덩그러니 느껴지는 이런 순간이, 주영은 그 어느 때보다 외로웠다. 수많은 연인 사이에 홀로 서 있을 때보다, 연인이 생겨 제 곁을 떠나는 친구들을 묵묵히 지켜봐야 할 때보다 더.

도저히 대화가 진전될 기미가 보이지 않았으므로 주영은 대충 대화를 마무리하고 상담실을 나왔다.

당장 최종 선택까지 사흘이 남았다. 그동안 주영은 은비와 태우, 두 사람과 번갈아 데이트했다. 두 사람 사이에서 갈피를 잡지 못한다는 죄책감이 있었으나 다행히도 은비는 주영과 데이트하지 않을 때는 다양한 사람을 만나면서 나름의 목표를 충족하는 것처럼 보였다. 태우 역시 다른 사람과 가끔 산책로를 거닐고는 했다.

그렇다 하더라도 그 두 사람이 주영의 선택을 기다리고 있다는 건 피할 수 없는 사실이었다. 두 사람은 주영이 자신을 최종 파트너로 선택해 연인이 되기를 꿈꾸고 있었다. 전혀 다른 매력을 가진 두 사람 사이에서 고민해야 한다니, 누군가는 행복에 겨운 고민이라고 볼멘소리를 할 것이다.

상담실을 나온 주영은 습관처럼 산책로를 걷다 말고 걸음을 멈추었다. 합숙소 관리인이 벤치에 앉아 담배를 피우고 있었다. 한 달 가까운 시간 동안 주영과 지겨울 정도로 자주 마주쳤던 사람. 햇빛 아래에서 마주친 그의 보라색 유니폼은 이곳저곳 낡고 해진 상태였다. 주영은 그의 옆에 멋쩍게 앉았다.

보랏빛 관리인은 종이컵 안에 담배를 비벼서 껐다. 그리고 갑자기 주영을 돌아보았다.

"잘 안 풀렸어요?"

화들짝 놀란 주영이 되물었다.

"네?"

관리인은 주영의 반응에 어깨를 으쓱였다.

"상담실에서 풀이 죽어서 나오는 걸 봐버려서."

그는 중성적인 외모를 가진 중년이었다. 각이 진 얼굴은 어떻게 보면 여자 같기도, 어떻게 보면 남자 같기도 했다. 묘한 분위기를 풍기는 목소리는 탁하고 거칠었다.

특별히 나쁜 사람 같지는 않았다. 주영에게 다짜고짜 말을 건 것도 지루한 휴식 중 잠깐의 흥미를 찾기 위해 이곳저곳을 무의미하게 들쑤시는 것에 불과해 보였다. 그동안 여러 번 지켜보지 않았던가. 운명의 짝을 만나기 위해 고군분투하는 젊은이들을 그가 따분한 얼굴로 지켜보는 것을. 보라색 유니폼과 모자를 뒤덮은 권태로움을.

주영은 마찬가지로 어깨를 으쓱였다.

"여기서 연인을 찾지 못하면 고위험군 장기 연애 휴식자가 된대요."

관리인은 두 눈을 동그랗게 떴다.

"연애 안 한 지 오 년이나 됐어요?"

"어제부로 기준이 삼 년으로 바뀌었거든요."

"지들 맘대로네……."

"그러니까요."

관리인이 제 몫까지 투덜거려서 주영은 신기하게도 기분이 좀 나아졌다.

"근데 왜 못 만나고 있어요? 여기만큼 사랑에 빠지기 좋은 곳이 없는데."

관리인이 음흉한 표정으로 웃으며 덧붙였다.

"내가 여기저기 많이 다녔는데, 이번 프로그램이 물이 제일 좋아요. 잠깐만 훑어봐도 괜찮은 사람이 바글바글하

더만."

이 사람도 싱거운 이야기뿐이네. 주영은 신경질적으로 바닥을 찼다.

"하고 싶어졌으면 좋겠어요."

"네?"

"저도 차라리 하고 싶어졌으면 좋겠다고요."

"그게 무슨 소리예요?"

똑같다. 새하얀 미소와, 새하얀 질문과, 새하얀 액자와 한 치의 어긋남도 없이 똑같다.

태평한 물음에 주영은 순간 참고 있던 무언가가 바짝 끓어오르는 것을 느꼈다. 한 달 가까운 시간 동안 지긋지긋한 합숙소 생활과 상담사에게 시달리며 억눌렀던 분노가 한 번에 불쑥 솟아올랐다.

"저도 누구를 좋아할 수 있으면 좋겠다고요. 평범하게 누구를 사랑하고 그 사람과 연인이 되어서 평생을 함께하고 싶어지면 좋겠어요. 그럼 아무도 나를 이상하게 생각하지 않을 텐데, 평범하게 살면서 평범한 사람 취급 당할 수 있을 텐데……."

속사포처럼 말을 쏟아낸 주영이 숨을 크게 들이쉬었다. 이 정도로 강렬한 반응을 예상하지는 못했는지 관리인은 얼떨떨한 표정이었지만 아무래도 좋았다.

"근데 그게 안 된다고요."

아주 오래전부터 그랬다. 주영은 누군가를 좋아하려 해도 좋아할 수 없었다.

성인이 되기 전 학창 시절에도 세상은 똑같았다. 연애만이, 연인에게 품는 사랑만이 인간으로서 추구할 수 있는 가장 큰 가치였다. 성인이 된 후에도 연애를 하지 않는 연애 휴식자는 이상한 사람 취급을 당했다. 어째서 사랑을 하지 않는 거지? 그건 인간의 가장 큰 본능인데! 주영의 친구들을 비롯한 모두가 그렇게 외쳤다.

나는 잘 모르겠다고, 한창 자신의 이상적인 연애에 대해 떠들고 있던 친구들 사이에서 주영이 중얼거렸을 때 주영의 친구들은 재미있는 농담이라도 들었다는 듯 크게 웃음을 터뜨렸다. 친구들은 한바탕 낄낄거리고는 귀엽다는 듯 앞다투어 주영의 머리를 쓰다듬었다. 우리 주영이, 나중에 좋아하는 사람 만나면 알게 될 거야, 쟤 같은 애들이 제일 빨리 결혼한다니까. 그런 말이 쉬지 않고 이어졌다. 용기를 내어 자신의 다름을 고백한 주영은 어리둥절해졌다. 주영은 하나도 웃기지 않았다.

보다 못한 친구들이 단체 데이트를 계획했던 날에도 그

랬다. 총 여덟 명이 함께하는 대규모 데이트였다. 친구들은 남자 친구나 여자 친구를, 혹은 좋아하는 상대를 데려왔다. 참여하지 않겠다는 주영을 집요하게 끌어들였다. 결국 주영은 고민 끝에 이름과 얼굴만 아는 친구에게 함께 가줄 수 있겠느냐고 물었다. 복도에서 종종 마주칠 때마다 동그란 얼굴과 작은 입에 눈이 가던 애였다.

그 애는 주영의 예상과 다르게 선뜻 주영의 데이트 신청을 허락했다. 연애에 눈곱만큼도 관심 없던 주영이 누군가를 데려왔다는 사실에 기뻐하던 친구들은 짓궂은 장난을 쳤다. 주영이 그 애와 손을 잡지 않으면 데이트 비용을 모두 내야 한다고 으름장을 놓았다. 그까짓 게 뭐 어려워? 주영은 망설임 없이 그 애의 손을 잡았다. 그 애의 얼굴이 언뜻 붉어졌지만 주영은 눈치채지 못했다. 주영은 그렇게 그 애와 손을 잡고 거리를 걸었다. 정확히 오 분이었다. 오 분 동안 두 사람은 한마디도 하지 않았다.

주영은 오 분 내내 세상이 뒤집히는 감각을 맛보았다.

이게 아닌데. 주영은 생각했다. 영화나 드라마를 보면 이러지 않던데. 관심이 가는, 관심이 간다고 생각한, 관심이 간다고 믿은 사람과 손을 잡으면 이렇게 되지 않던데. 좀 더 간질간질하고, 기분 좋고, 심장이 쿵쿵 뛰고. 지금까지 내가 보고 들었던 건 그런 거였는데.

주영은 간질간질하지도 기분이 좋지도 않았다. 심장이 쿵쿵 뛰지도 않았다.

주영은 불쾌하고 찝찝한 감각에 잠식당하지 않도록 오 분간 애써야 했다. 벌레가 온몸을 기어다니는 것 같았다. 벌거벗고 거리를 활보하는 기분이었다. 맞지 않는 옷에 몸을 쑤셔 넣은 듯한 감각. 이건 주영이 아니었다. 누군가가 자신의 이런 모습을 지켜본다고 생각하니 구역질이 났다. 역겨워 견딜 수가 없었다. 사랑하려고 애쓰는 스스로가 역겨웠다.

그럼에도 주영은 오 분 동안 그 애의 손을 필사적으로 붙들고 놓지 않았다.

단체 데이트는 무사히 끝났으나 주영과 그 애의 결말은 처참했다. 그 애는 단체 데이트가 끝나고 몇 주 동안 주영에게 부지런히 연락하더니, 하교 후 빈 운동장에서 주영에게 고백했다. 주영이 고백을 거절하자 그 애는 상심한 얼굴로 주영을 떠나버렸다. 주영은 한동안 희대의 어장 관리녀로 불렸다.

그 이후로도 같은 상황이 반복되었다. 주영이 누군가에게 무심코 다정하게 굴면 상대는 한 발짝 다가오고, 주영은 언제 그랬냐는 듯 물러나고 도망쳤다. 결국 상대에게 상처를 주는 결말이 익숙할 정도로 반복되었다. 남자를 만나도 여자를 만나도 똑같았다.

"예전부터 그랬어요. 누굴 좋아하려고 아무리 노력해도 안 돼요. 절대로요. 나아질 거라는 생각도 들지 않아요. 나는 뭔가 다르다는걸, 평범하게 살 수 없다는 걸 오래전부터 잘 알았어요."

"……"

"난 인간으로 살아갈 자격이 없나 봐요."

주영은 그렇게 중얼거리고는 고개를 푹 숙였다. 이상하게도 눈물이 났다.

앞으로 평생 이렇게 혼자 살아야 할까? 모두가 연애하고 사랑하는 와중에, 그 누구에게도 눈길을 주지 못하면서? 두렵고 무서웠다. 외로워 죽을 것 같았지만 그렇다고 해서 누군가와 연인으로 함께하는 삶을 상상할 수는 없었다. 평생 자신을 역겨워하는 삶과 평생 홀로 외롭게 배회하는 삶 중 하나를 선택하라면, 주영은 두말할 것 없이 후자였다.

이제 주영이 새까만 얼룩이라는 걸 알아챘으니, 곧 그에 걸맞은 새하얀 질문과 답이 돌아오겠지. 어쩌면 충고나 훈

계일 수도 있다. 주영은 뻔한 레퍼토리를 들을 준비가 되어 있었다. 그러나 관리인은 난데없이 주영이 훌쩍거리는 데도 크게 동요하지 않았다. 그는 주영이 진정할 때까지 새 담배를 뻑뻑 피우며 차분하게 기다렸다.

마침내 눈물을 닦은 주영이 천천히 고개를 들었다. 부끄러움에 시선을 피하는 주영을 빤히 바라보던 관리인이 불쑥 말을 꺼냈다.

"사랑하지 않는다고 해서 인간이 될 자격이 없는 건 아니라고 생각해요."

"네?"

"애초에 사랑이 그것만 의미하는 건 아니잖아요. 사랑의 범위에는 훨씬 많은 것들이 포함된단 말이지."

길다면 길다고 할 수 있는 지난 세월, 주영에게 이렇게 말해주는 사람은 아무도 없었다. 주영은 관리인을 멀뚱멀뚱 쳐다보았다. 갑작스레 등장해 주영의 세상을 완전히 무너뜨리는, 남자인지 여자인지 알 수 없는 이 사람을. 관리인은 비밀을 속삭이는 사람처럼 눈을 내리깔았다.

"세상에는 남자를 좋아하는 여자도 있고, 여자를 좋아하는 여자도 있고, 여자를 좋아하는 남자도 있고, 남자를 좋아하는 남자도 있어요. 그러니 아무도 좋아하지 않는 여자도, 아무도 좋아하지 않는 남자도 있다고 생각해요."

관리인은 속사포처럼 이야기하더니, 갑자기 자리에서 벌떡 일어났다. 그러고는 보라색 유니폼을 정리하고 보라색 모자를 푹 눌러썼다.

"사실 그쪽이 하도 이상해서 말이야. 다들 들떠 있는 여기에서 혼자 구석에 처박히기를 자처하길래 상담 파일 좀 훔쳐봤어요. 학생은 좋아하는 것도 많고 사랑하는 것도 많고…… 굳이 누굴 또 연인으로 삼지 않아도 이미 충분해 보이던데. 그 이빨 하얀 상담사가 자주 그러지 않아요? 사랑이 모든 질문에 대한 답이 될 거라고. 그거 사실 나 좋을 대로 해석하면 또 굉장히 다르게 들릴 수 있는 말이거든."

관리인은 사방을 살피다 어렵사리 중얼거렸다.

"그러니까 마음이 가는 대로 선택해도 될 거예요. 나는 그러지 못했으니까."

그 말을 끝으로 그는 빠른 걸음으로 멀어지는가 싶더니 다시 주영에게 돌아왔다. 주영은 여전히 갈피를 잡지 못하고 그를 멍청하게 응시했다.

"딱히 도움이 못 돼서 미안해요."

그는 누군가 주영과 자신을 보기라도 한다면 큰일 나는 것처럼 서둘러 자리를 떴다. 홀로 남은 주영은 그가 남기고

간 말을 곱씹으며 가만히 콧물을 훌쩍였다. 그리고 곱씹었다. 사랑이 모든 질문에 대한 답이 될 것이다. 사랑이, 오직 사랑만이.

＊

크리스마스의 공기는 차가웠다. 바람이 두 뺨에 부딪칠 때마다 고통스러울 정도로 아팠다. 주영은 목도리에 얼굴을 더 깊게 파묻으며 재빠르게 광장을 걸었다.

거대한 크리스마스트리가 설치된 광장은 사람들로, 정확히 말하자면 휴일을 즐기는 연인과 가족들로 북적거렸다. 혼자 거리를 거닐고 있는 사람은 과장을 곁들이자면 수백 명 중 주영 하나뿐이었다. 주영은 씩씩하게 사람들 사이를 헤치고 크리스마스트리에 가까이 다가갔다.

수많은 오너먼트가 크리스마스트리 위에서 반짝였다. 맨 위에 놓인 별은 감탄이 나올 정도로 컸다. 주영은 즐거운 마음으로 크리스마스의 포근함을 즐겼다. 크리스마스트리의 웅장함을 담기 위해 카메라를 켜는데 마침 핸드폰에서 알림이 울렸다. 첫 연애 휴식세가 통장에서 빠져나갔다는 통보였다. 주영이 연애하지 않는다는 이유로 국가에 지불해야 하는 비용이었다. 사랑하는 건 그토록 당연한 거니까.

은비와 태우는 주영의 선택을 이해해주었다. 그럴 줄 알았다고 평소처럼 발랄하게 외친 은비는 고민 끝에 어렵사리 다시 손을 내밀었다.

"그래도 친구는 계속하는 거지?"

주영은 기꺼이 은비와 악수를 했다.

태우는 정확히 그 반대였다. 주영의 선택을 이해하고 주영의 행복을 빌지만, 주영의 곁에 남아 있기는 힘들다고 했다. 주영 역시 그런 태우를 이해했기에 두 사람은 마지막 인사를 나누고 헤어졌다.

최종 선택을 앞둔 주영은 결연했다. 주영은 주저하게 될 때마다 보라색 유니폼과 모자를 떠올리기로 마음먹었다.

"어떤 분을 선택하시겠습니까? 주영 님께서 선택하신 참여자 역시 주영 님을 선택한다면, 두 분이 최종 연인이 되는 것으로 프로그램을 마무리할 수……."

"선택하지 않으려고요."

"예?"

"선택하고 싶지 않아요."

"음, 선택하실 분이 없으신가요? 그렇다면 곧바로 다음 프로그램을 찾아……."

"아니요, 선택하지 않을 거예요. 다음 프로그램에 참여해도 똑같을 겁니다. 죄송해요."

상담사는 한 달 동안 주영을 설득하기 위해 성심성의껏 애를 썼으나, 결국 끝까지 주영을 이해하지는 못했다. 앞으로도 그와 같은 사람은 넘치고 또 넘칠 터였다. 환하고 상냥하고 친절하지만 끝까지 주영을 이해하지 못하는 사람들.

태우가 알려준 베이커리는 광장에서 멀지 않은 곳에 있었다. 안으로 들어서자 훈훈한 공기가 추위에 언 몸을 빠르게 녹였다. 저녁이었는데도 불구하고 다행히 까눌레는 남아 있었다. 덕분에 주영은 까눌레를 세 개나 산 뒤, 커다란 봉투를 품에 안은 채 밖으로 나왔다.

눈이 보슬보슬 내리기 시작해 주영은 베이커리의 처마 밑으로 몸을 숨겼다. 화이트 크리스마스에 기뻐하는 연인들이 탄성을 내뱉었다. 거대하고 아름다운 크리스마스트리, 처마 위에 쌓이는 눈, 그 아래에서 입맞춤을 나누는 연인들. 그야말로 사랑이 넘치는 순간이 아닐 수 없었다.

주영은 천천히 봉투에서 까눌레를 꺼내 입안에 넣고 씹었다. 오랜 시간을 기다린 까눌레에서는 달콤한 맛이 났다.

주영은 생각했다.

앞으로 수많은 위기가 찾아오겠지. 흔들리겠지. 넘어지겠지. 부서지겠지. 또 외로워지겠지.

그럼에도 지금 이 순간만큼은, 주영은 가능한 한 오랫동안 까눌레의 달콤함을 즐기고 싶었다.

너무 길지 않게 사랑해줘

민 지 형

이거 모르면 절대 연애로 못 넘어갈걸? 썸 다음으로 넘어가는 법, 딱 네 가지!

하나. 사진 보내기! 내 사진도 좋고 일상 사진, 같이 하고 싶거나 먹고 싶은 걸 찍은 사진도 좋아.

둘. 스킨십 장벽 깨기! 얘기하면서 자연스럽게 어깨에 손을 올리거나 터치해봐.

셋. 도발하기! 이제 좀 가까워졌다 싶으면 은근히 친구 이상의 사이가 되고 싶다고 티를 내봐.

넷. 사실 그냥 예쁘고 잘 생기면—

이거 모르면 절대 연애로 못 넘어갈걸? 썸 다음으로 넘어가는 법, 딱 네 가지!

이수는 결국 피식 웃음을 터뜨리고 말았다.

"아, 자존심 상해! 이게 터질 줄이야."

옆자리에 나란히 앉아 있던 현서가 장난스러운 미소를 지으며 손가락으로 브이를 그렸다. 방금 그들이 함께 감상한 것은 현서가 만든 가편집 영상으로, 주로 삼십 초 이내의 영상을 올리는 그들의 커플 계정에 업로드할 영상 중 하나였다.

"와, 그래도 그렇지 요즘 세상에 썸이라니!"

"고전은 고전이라 불리는 이유가 있는 법이지. 음, 마지막 대사는 이수 네가 하면 훨씬 좋을 것 같네. 좀 이따 같이 촬영해서 바꿀까?"

"알았어."

"고마워."

현서가 기쁜 듯 웃으며 이수의 머리를 살며시 쓰다듬었다. 두 사람의 시선이 잠시 서로에게 머물렀다. 언제 봐도 정말 동그랗고 예쁜 눈동자다. 현서는 늘 웃는 인상이라, 살짝 내려가며 접히는 눈꼬리가 매력적이었다. 정말이지…….

"그럼 이건 올릴게?"

이수의 생각이 채 끝나기도 전에 현서는 다시 고개를 돌려 모니터에 시선을 고정했다. 현서가 이렇게 작업에 몰두하기 시작하면 몇 시간이 훌쩍 지나가도 모른다. 깎아놓은 것 같은 콧날에 짙은 눈썹. 정말이지, 카메라로 담기에 완벽한 얼굴이다.

이수와 현서는 같은 학교에 다니는 동급생이다. 어차피 수업이 전부 온라인으로 이루어져서 같은 반인 게 큰 의미는 없고, 입학할 때부터 유명했던 서로의 존재는 잘 알고 있었다.

2070년, 이제 더 이상 학생들은 학교에서 공부하고 암기해서 시험을 보지 않는다. 삶의 모든 순간을 서포트하는 개인용 인공지능이 일상화되어 모든 지식을 순식간에 검색해서 알려주기 때문이다. 더 이상 사람이 그걸 전부 다 기억하고 있을 필요가 없어졌다. 물론 일부 전문직은 자기 분야의 정보 카테고리를 분류하고 정확하게 검색해서 다루는 법을 배우기는 하지만, 그 정도면 충분했다.

그러면서 몇백 년 동안 유지되어왔던 공부와 노동이라는 시스템이 대변혁을 맞이했다. 게다가 의학의 발달로 병도 대부분 고칠 수 있게 되었다. 인간의 평균 수명은 백오십 세가 되었고, 더 오래 사는 사람들도 많았다. 그러자 시간이 남아도는 것이 문제가 됐다. 인류는 너무 많아진 시간을 어떻게든 때워야 했다. 가급적이면 즐겁게, 시간 가는 줄 모르게.

'쇼츠'라 불리는 이름의 짧은 영상이 세상에 처음 나온 지도 어느덧 오십여 년이 되었다. 사람들은 이제 그 템포와 리듬, 길이에 완벽히 익숙해졌다. 모든 것이 짧고 간명한 시대였다. 그보다 길고 복잡한 것, 구구절절한 것은 견디지 못했다. 너무 지루하기 때문이다. 16부작 드라마, 세 시간짜리 영화는 말할 것도 없었다. 다 지난 시대의 유물이 된 지 오래였다.

삼십 초. 그게 이 시대 사람들에게 허용된 시간의 단위였다. 그렇기에 무엇이든 최대한 짧고 재미있게 자신만의 연출을 해내는 것이 최고의 능력이었다. 그 능력을 갖춘 사람들은 자기 채널을 활용해 큰돈을 벌었고, 모두에게 영향을 끼치는 인플루언서가 됐다.

그렇다 보니 이제는 학교에서도 자연스럽게 그런 기술과 노하우를 가르치게 되었다. 사람들은 태어나자마자 계정을 가졌고, 영상을 찍고 편집하는 것은 누구에게나 자연스러운 삶의 일부였다. 어렸을 때부터 높은 조회수, 수많은 팔로워를 가진 계정을 운영하는 사람이 모범생으로 인정받았다.

이수와 현서는 그런 의미의 모범생이었고, 언제나 일이 등을 다투었지만 늘 이수가 근소한 차이로 일 등을 했다. 현서는 한동안 이수를 너무 이기고 싶어서 무척 괴로워했다. 이수의 채널과 영상을 초 단위로 분석하면서 정말 많은 고민과 노력을 해왔지만 늘 뒤처지는 것이 분했다. 그런데 현서가 한 가지 모르는 것이 있었다. 열심히 상대의 영상을 보고 분석한 것은 이수도 마찬가지라는 것이다. 그렇게 두 사람은 일면식도 없는 상태로 매일같이 서로를 뚫어져라 보면서 긴 시간을 함께 보내고 있었다.

그러다 드디어 실제로 한 공간에서 만나 서로를 보게 됐을 때, 두 사람은 마치 화면 속에 들어온 것만 같은 이상한 기분을 느꼈다. 그리고 다음 순간, 이수는 벼락같은 깨달음을 얻고 말했다.

"제 생각엔 우리가 사귀면 좋을 것 같아요."

"네?"

"생각해봐요. 일 등이랑 이 등이랑 사귀는데 조회수랑 팔로워가 얼마나 더 늘어나겠어요?"

현서는 그 말이 끝나자마자 저도 모르게 이수의 손을 꼭 붙잡았고, 이수가 늘 일 등일 수밖에 없는 이유를 통렬하게 깨달았다.

그렇게 시작된 두 사람의 연애, 아니 커플 계정은 이수의 예측대로 엄청난 반향을 몰고 왔다. 이제는 학교 수준을 넘어 그 지역에서 가장 인기 많은 계정이 됐고, 누적 조회수 일억은 넘겨야 들어갈 수 있다는 MCN(Multi Channel Network)의 대표가 두 사람에게 직접 메시지로 격려를 보내기까지 했다. '계속 그렇게 열심히 하면 졸업할 즈음 우리 회사에서 볼 수 있겠다'라고 말이다. 게다가 곧 여름방학이었다. 학기 중인 평소보다 좀 더 다양한 콘텐츠를 기획해볼 수 있는 기회인 데다, 두 사람이 커플이 되고 나서 처음 맞이하는 방학이기도 했다. 이수의 머릿속에는 벌써 다양한 아이디어가 가득했다.

이수와 현서가 사귀고 나서부터는 서로를 서포트하는 형태가 되었기 때문에 개인 계정의 경쟁은 더 이상 크게 의미가 없어 보였다. 그래도 굳이 따지자면 일 등은 여전히 이수였는데, 현서는 그걸 더 이상 신경 쓰지 않는 척했고 이수는 그 사실이 은근히 뿌듯했다.

그러나 지금 이 순간만큼은 이수는 자신이 부동의 일 등이라는 사실이 싫었다.

"제가 왜요?"

"아까 설명했잖아……."

모니터 너머의 선생님이 빠른 속도로 말했다. 이수와 현서 덕분에 평균 조회수와 팔로워 숫자가 아주 많은 학교로 소문이 나서 MCN의 요청으로 전체 학생 기록부를 공개할 때가 많은데, 학교 평균을 너무 크게 깎아먹는 학생이 하나 있다고. 꼴찌인 그 학생의 팔로워 숫자가 매점 키오스크 로봇보다 낮고, 조회수도 너무 충격적이라 망신스러워서 교장 선생님이 얼굴을 들 수가 없다고 했다고. 선생님들이 아무리 가르쳐도 늘지 않는데 일 등인 이수가 이번 여름방학 때 그 친구를 책임지고 맡아주면 안 되겠냐고.

이수는 다시 한번 '제가 왜요?'라는 말을 반복하려다가 그 길고 지루한 설명을 또 듣기 싫어서 깊은 한숨을 쉬었다. 전략을 바꿔야 했다.

'아무리 잘한다고 해도 저도 일개 학생일 뿐인데, 선생님들이 너무 무책임한 거 아니에요? 제 조회수랑 팔로워 수 떨어지면 선생님이 책임지실 거예요? 저도 몰라요!'라고 말한 뒤 카메라를 확 꺼버릴 생각이었다.

이수가 그렇게 다짐하고서 입을 빵긋하려는데 선생님

이 간절한 눈빛으로 말했다.

"이수야, 우리 교장 선생님이 그 MCN 대표님이랑 페이스북 시절부터 친구인 거 알지? 이번에 학교 평균만 높여주면 네 얘기 따로 잘해주신대. 진짜야."

꼴깍. 이수의 말문이 막혔다.

"뭐, 어쩌겠어. 선생님께서 그렇게까지 부탁하시는데 모범생인 내가 희생하기로 했지. 이기적으로 나만 생각할 수는 없으니까."

물론 그렇다고 그 MCN 대표님한테 현서 네 얘기도 잘해달라는 말까지 하지는 않았지만. 이수는 속으로만 그렇게 생각하면서 현서에게 방긋 웃어 보였다.

현서는 그다지 서운해 보이지 않는 얼굴로 말했다.

"그럼 우리 여름방학 때 찍으려고 했던 건 다 조정해야겠네."

"미안해."

"아니야, 나 혼자 열심히 해볼게. 우리 계정은 걱정하지 마. 아, 자기 계정에 그 내용으로 콘텐츠 만들어도 재밌겠는데?"

"어휴, 꼴찌 출연시켰다가 괜히 나까지 이미지 나빠지면 어떡해. 예전에 찍어놓은 세이브 중에 찾아보면 쓸 만한 거 있을 거야."

이수는 언제나처럼 간결하고 원만하게 현서와의 대화를 마쳤다.

이제 문제의 꼴찌와 얘기할 차례였다. 이수는 저도 모르게 한숨이 나왔다.

선생님이 알려준 그 친구의 이름은 '정원'이었다. 이수는 처음 들어보는 이름이었다. 혹시나 해서 그의 계정을 검색해 들어가봤더니 팔로워는 열한 명이었고 그마저도 대부분 스팸 계정이었다. 영상은 몇 개 있지도 않았는데, 편집이 전혀 되지 않은 정체불명의 풍경들이 전부였다.

흔들리는 꽃, 흘러가는 구름, 빗물 고인 물웅덩이, 햇빛이 든 방 안의 먼지.

1990년대에 태어난 우리 할아버지가 살아 계실 때 운영하던 계정도 이것보다는 더 활기가 있겠다. 이게 정말 나랑 동갑내기가 만든 계정이라고? 이수는 보면서도 믿기 힘들었다.

이수가 전화를 걸자 곧 정원의 목소리가 들렸다. 목소리만 들렸다.

"여보세요?"

"여보세요, 정원 님이세요?"

"네, 이수 님이시죠? 선생님께 얘기 들었어요."

"화면은 왜 안 나와요?"

"아, 카메라가 고장 났어요."

"근데 안 고쳤어요?"

"네."

"왜요?"

"그냥 귀찮아서……."

정원이 부끄러워하면서도 제법 뻔뻔하게 말했다. 이수는 애써 다시 한번 마음을 다잡았다.

"들으신 것처럼 제가 방학 동안 계정 운영하시는 걸 가르쳐드려야 하는데요. 그래서 과제로 몇 가지 생각해본 게 있거든요."

"음……. 일단 만나서 하면 안 될까요?"

기분 탓인지 이수는 정원의 말투가 참으로 느긋하고 또 느릿하게 느껴졌고, 그래서 무척이나 답답했다.

"굳이요?"

"네, 저 진짜 이번에는 꼭 잘해보고 싶은데 혼자 하는 건 좀 어려워서요. 이렇게 민폐 끼쳐서 죄송합니다."

같은 학년의 학생에게 이렇게까지 정중한 부탁을 들으니 이수의 급했던 마음도 저도 모르게 조금 사그라들었다. 결국 어쩔 수 없이 이수는 정원과 약속을 잡았다.

며칠 뒤, 정원은 길쭉한 상체를 어정쩡하게 수그린 자세로 카페의 가장 어두운 자리에 앉아 있었다. 유리문을 밀며 들어오던 이수는 '저 조명에 저런 자세면 화면에 예쁘게 안 나오는데'라고 생각하다가 그가 정원인 것을 눈치챘다. 이수는 완벽한 미소를 지으며 그의 맞은편에 앉았다. 늘 자신을 알아보고 반가워하던 사람들의 얼굴을 기대하며.

그런데 정원은 애매하게 웃는 것도 무표정도 아닌 얼굴로 이수를 가만히 바라보았다. 이수는 잠시 당황했다가 그 이유를 깨닫고 더욱 당황했다. 정원은 이수의 얼굴을 몰랐다. 설마 내 쇼츠를 한 번도 안 봤다는 건가. 어떻게 그럴 수가 있지.

이수는 떨떠름하게 자기소개를 한 뒤 정원에게 물었다.

"원래 남의 영상도 잘 안 보세요?"

"아, 네. 눈이 금방 피로해져서. 솔직히 아예 안 봐요."

"그럼 시간 날 때 뭐 해요?"

"어, 그냥…… 멍하니 있어요."

이게 대체 무슨 소리야. 납득이 가지 않는 말을 이수는 재빨리 한 귀로 흘려버렸다.

"일단 많이 보는 게 우선이겠네요. 그래야 뭘 할지 감도 올 거고. 지금 정원 님 계정에는 주제나 콘셉트랄 게 아예 없잖아요. 주제 하나를 잡고 쭉 그것만 다루는 게 좋기는 하거든요. 그래야 관심 있는 사람들이 들어오고, 알고리즘 의 선택도 받고."

"그렇군요."

정원이 난생처음 듣는 얘기라는 듯 끄덕이며 미간에 깊은 주름을 만들었다. 나 참, 이런 건 걸음마 떼면 키즈 크리에이터들이 제일 먼저 가르쳐주는 기본 중 기본 아니냐고.

"뭐 관심 있는 거 없어요? 취미 같은."

"아, 취미……."

정원이 조용히 읊조리더니 깊은 고민에 빠졌다. 이수에게는 그 시간이 영원처럼 느껴졌다. 제발 빨리빨리 좀 대답해라.

"멍하니 있는 걸 좋아한다고 해서 그 주제로 계정을 만들 수는 없잖아요."

그럴 의도는 아니었는데, 꼭 다그치는 것처럼 들렸을 것 같았다. 하지만 이수는 모르는 척 입술을 꼭 다물었다. 그러든지 말든지 조금이라도 빨리 정원의 입을 열 수 있다면.

"저 사실 관심 있는 거 하나 있어요."

이수의 오랜 기다림 끝에 드디어 정원이 입을 열자, 이수가 거의 비명을 지르듯 외쳤다.

"그게 뭔데요?"

그럼에도 답답한 이수의 마음을 눈치채지 못했는지 정원이 동그란 눈을 살짝 굴리다가 대답했다.

"잠깐 학교로 갈래요?"

갈 때 가더라도 일단 뭔지 좀 빨리 말해달라는 읍소가 도저히 통하지 않았기에 이수는 얌전히 정원을 따라 학교로 향했다. 입학식이나 개학식, 체육대회 같은 행사가 없으면 학교에 갈 일은 거의 없었기 때문에 이수에게 학교는 여전히 낯선 공간이었다. 그러나 정원은 익숙한 듯 빠른 걸음으로 엘리베이터를 타고, 꼬불꼬불한 복도를 걸어서 건물 맨 위층으로 이수를 이끌었다. '멀티미디어실'이라 적힌 문패가 걸린 교실이었다. 자발적으로 가본 적은 단 한 번도 없었지만, 과거의 도서관 같은 역할을 하는 곳이라고 역사 선생님에게 들었던 기억이 어렴풋이 났다.

텅 빈 멀티미디어실에 들어간 두 사람은 가장 큰 감상실의 푹신한 소파 위에 나란히 앉았다.

'여긴 왜?'라고 묻는 얼굴로 이수가 바라보자 정원이 대답했다.

"저, 여기서 옛날 영화 보는 거 좋아해요."

대답하는 정원의 얼굴이 갑작스레 잘 익은 사과처럼 붉어졌다. 이수는 순간 당황스러웠지만 다소 마이너한 자신의 취미를 고백하는 것이 쑥스러운 거라고 짐작했다.

"영화요? 영상 보면 눈 아프다면서요."

"막 빨리 바뀌고 자막 화려한 걸 보면 눈이 아프긴 한데, 옛날 영화는 안 그래요."

여전히 정원의 말을 다 이해하기는 힘들었지만 이수는 고개를 끄덕이면서 영화라는 키워드에 대해 자신이 아는 것을 최대한 쥐어짜려 애썼다. 이수에게는 영 낯설 뿐만 아니라, 단 한 번도 관심을 가져본 적 없는 대상이었기 때문이다.

한참을 골똘히 생각한 끝에 부모님에게서 언젠가 들었던 이야기를 겨우 떠올릴 수 있었다. 쇼츠보다 영화나 드라마가 더 인기가 있었던 시절에는 긴 분량을 짧게 요약해서 소개하는 계정들도 꽤 인기가 있었다는 이야기였다. 어째 정원과의 대화는 평소에는 전혀 꺼내볼 일 없는 오래된 기억을 샅샅이 뒤져야 하는 일의 연속인 것 같았다.

"좋아요. 인기를 끌 수 있을지는 모르겠지만, 소수의 고정 팬을 확보하는 것도 나쁘지 않으니까. 가능성이 있을 것 같아요."

"정말요? 다행이에요."

정원이 진심으로 기쁜 듯 눈을 반짝였다.

"그럼 정원 님 채널에서 첫 번째로 소개하고 싶은 영화 딱 하나를 고르자면요?"

"딱 하나요?"

정원이 다시 한번 미간을 찌푸리더니 깊은 고민에 빠졌다. 이수는 아차 싶은 마음에 손을 내저으며 말했다.

"너무 고민하지 말고요. 그냥 제일 좋아하는 거. 지금 딱 생각나는 거 없어요? 아무거나 편하게 말해봐요. 빨리빨리!"

"음⋯⋯."

이수의 재촉을 받은 정원은 곤란한 듯 회색빛 얼굴로 이리저리 눈알을 굴리다가, 마침내 리모컨을 잡았다.

정원이 리모컨에 제목을 입력하자, 두 주인공이 다정하게 서로를 바라보며 누워 있는 포스터가 나왔다. 배경으로는 해 질 무렵의 하늘과 유럽의 건물들이 보였다.

"〈비포 선라이즈〉."

이수가 제목을 읽자 정원이 고개를 끄덕였다.

"무슨 내용이에요?"

"지금부터 같이 보면…… 아, 같이 보는 거 아니에요?"

"볼 거예요, 볼 건데…… 그래도 내용은 알아야죠."

그러자 정원이 머뭇거리다 말했다.

"미리 알고 보면 재미없지 않아요?"

"그런가? 잘 모르겠는데."

이수와 정원은 잠시 서로를 이해하지 못하겠다는 듯한 표정으로 쳐다보았다. 꼭 눈싸움이라도 하는 것 같네, 그렇다면 질 수 없지. 이수는 눈을 더 부릅떴다. 결국 정원이 최선을 다해 영화의 내용을 떠올리며 더듬더듬 설명했다.

"음, 주인공이 기차 안에서 누군가를 만나는데요. 그 사람이 마음에 들어서, 자기가 내려야 하는 역에 도착했을 때 충동적으로 같이 내리자고 해요. 그렇게 두 사람이 함께 하루 동안 그 도시를 돌아다니다가 밤이 되고 아침이 밝고……."

거기까지 말한 뒤 정원은 '정말 엔딩까지 다 말해요? 그래도 괜찮겠어요?'라는 듯, 간절히 호소하는 얼굴로 이수를 바라보았다. 이수는 미동도 없는 얼굴로 계속하라고 눈짓했다.

"헤어져요."

정원은 마치 자기가 헤어지기라도 한 것처럼 풀 죽은 목소리로 말을 마쳤다. 그러나 이수의 목소리는 더 카랑카랑해졌다.

"끝이에요? 그게 재밌다고요?"

"네."

정원은 난처한 듯 대답하고는 조심스럽게 물었다.

"이수 님은 영화라는 거, 본 적 있어요?"

"아뇨, 들어보기만 했어요."

"그럼 일단 한번 같이 봐요."

그 영화의 상영 시간은 한 시간 사십 분이었다. 이수로서는 잘 상상되지 않는 긴 시간의 단위였다. 하지만 어쩔 수 없었다. 정원과 눈높이를 맞추고 같이 쇼츠를 만들려면. 이수가 체념한 얼굴로 고개를 끄덕이자 정원의 얼굴이 살짝 밝아졌다. 이수는 둘러메고 있던 작은 가방에서 액션 캠을 꺼내 스크린 쪽이 아니라 자신과 정원을 향해 세팅했다. 정원의 눈이 커지자, 이수가 별거 아니라는 듯 설명했다.

"영상을 어떻게 만들지 아직 잘 모르겠지만 일단 다 찍어놔야죠. 액션보다는 리액션이 더 중요하거든요. 나중에 보내줄게요."

"고맙습니다."

정원이 자신을 향해 놓인 카메라 렌즈를 흘끔 보며 의식하더니 마른침을 삼키고 리모컨을 조작했다.

곧 영화가 시작됐다.

약 한 시간 사십 분 뒤, 연신 하품하던 이수는 졸음이 잔뜩 맺힌 눈을 겨우 뜨고 말했다.

"둘이 끝없이 떠들기만 하고, 목적도 없이 돌아다니고. 이게 도대체 뭐예요? 영화는 원래 이래요? 이러니까 없어졌지."

"좋잖아요."

"사건이랄 게 정말 없네요."

"그래도 좋지 않아요?"

정원이 어쩐지 촉촉한 눈빛으로 이수를 보면서 말했지만, 이수는 정원의 그 눈빛을 알아채지 못했다. 어떻게 쇼츠를 만들어야 할지 골똘히 생각에 빠져 있었기 때문이다. 머릿속으로 지난 한 시간 사십 분 동안 눈앞에 흘러갔던 장면들을 아무리 복기해봐도 뾰족한 수가 떠오르지 않았다.

"아무래도 영화 소개를 콘셉트로 하는 건 좀 어렵겠어요. 그리고 솔직히 영화에 관심 있는 사람도 너무 적을 것 같아. 정원 님이 두 번째로 좋아하는 건 없어요? 좀 더 많은 사람이 관심 가질 만한 거."

"음."

정원이 또 고민에 빠진 얼굴을 하자, 이수는 지친 듯한 목소리로 말했다.

"다음번까지 생각해 오는 걸로 해요. 천천히, 충분히 생각해보세요. 오늘은 이만 집에 가서 좀 쉬어야겠어요. 왜 이렇게 피곤한지 모르겠네."

"그럴게요, 오늘 같이 영화 봐줘서 고마워요. 저 사실 누구랑 같이 영화 본 게 처음이에요."

그렇게 말하는 정원의 얼굴이 어느새 다시 붉게 물들어 있었다.

"저, 저도 처음이거든요!"

이수는 어쩐지 의도했던 것보다 더 큰 목소리로 외치고서 뒤를 돌았다.

집에 돌아온 이수는 그대로 깊은 잠에 빠졌다.

꿈속에서 영화의 장면들이 어른거렸다.

고풍스러운 인테리어의 기차, 낯선 유럽 도시의 풍경,
이제는 박물관에서나 볼 수 있는 레코드를 판매하는 가게,
관람차, 밀크셰이크, 머리가 산발인 시인, 강, 공원, 일출,
플랫폼.

"그냥 좀 슬퍼서. 이제 우린 내일 언제 작별 인사를 해야 하
나, 그 생각만 하게 될 테니까."
"그럼 지금 인사하면 되지."
"지금?"
"응, 작별 인사 해."
"잘 가."
"잘 있어."

이수가 잠에서 깼을 때 그사이 귀가한 어머니와 아버지
가 무늬와 색깔이 거의 비슷하지만 완전히 똑같지는 않은
시밀러 룩을 입고 부엌에서 부산스럽게 촬영하고 있었다.
이수는 방해되지 않도록 물 한 잔을 컵에 따라서 얼른 빠져
나왔다.
두 분이 운영하는 중년 시밀러 룩 패션 계정은 팔로워가
엄청 많았다. 덕분에 한 달에 한 번씩 공동구매를 진행할

때면 집 안이 온통 옷이 든 비닐 팩으로 가득 찼다. 매번 그 일을 조금씩 거들어야 해서 귀찮았지만 그래도 부모님의 활약을 돕는 건 내심 기분 좋고 뿌듯한 일이었다.

이수의 부모님은 말하자면 초창기 인플루언서였다. 연애 중에는 커플 계정을, 결혼 후에는 신혼집 인테리어와 육아 계정을 운영했다. 그런 부모님의 센스와 기질이 지금의 자신을 만들어준 것이라고 이수는 믿어 의심치 않았다.

방으로 돌아온 이수는 기지개를 한 번 켠 다음 모니터 앞에 앉아 영화를 보는 동안 멀티미디어실에서 찍었던 푸티지 파일을 확인해봤다.

말없이 눈을 깜빡이며 앞을 보는 정원과 이수 본인의 얼굴이 무척 지루하게 한 시간 사십 분 동안 이어졌다. 그 와중에 꾸벅꾸벅 졸다가, 하품하는 자신의 모습이 웃겼다. 정말이지 아무것도 의식하고 있지 않은 얼굴이었다. 그동안 많은 촬영을 했지만 단 한 번도 카메라에 담아보지 못한 표정인 것 같았다. 그 얼굴들 뒤로 영화 속 주인공들의 목소리가 나지막하게 깔렸다.

"만약 신이 존재한다면 우리 사이의 작은 공간에 있을 거야."

미동도 없이 스크린을 보고 있는 정원의 눈동자가 화면 속에서 빛나고 있었다. 그러고 보니 정원은 좋아한다던 이 영화를 몇 번째로 본 걸까.

이수는 잠깐 고민하다가 그 영상을 편집하지 않고 통째로 정원에게 전송했다. 두 시간쯤 뒤에 정원에게서 메시지가 왔다.

저 좋아하는 거 생각났어요. 여행이요.

"아……."

반응이 빠른 편인 이수는 답지 않게 잠시 말을 골랐다.

"여행은 진짜 레드오션인데……."

크리에이터라는 직업이 생긴 직후부터 수많은 사람이 도전했던 여행이라는 분야. 처음 보는 신기한 곳을 먼저 소개해야 한다는 경쟁이 오랫동안 심했기 때문에 이제는 지구상에 소개되지 않은 곳이 과연 있을까 싶은 정도였다.

하지만 이수는 애써 긍정적으로 생각하기로 했다. 확실히 이제 아무도 보지 않는 영화보다는 그래도 여행에 관심 있는 사람이 더 많을 테니까.

게다가 이제 와서 아무도 가보지 않은 신기한 곳에 가는 건 의미가 없었다. 역으로 사람들이 아주 많이 가는 곳, 다들 관심이 많은 곳에 대한 새로운 정보를 주는 게 아마 쇼츠로서는 더 유리할 것 같았다.

"좋아요, 그러면 제가 준비할 테니까 정원 님은 몸만 오세요."

"어딜요?"

정원이 궁금한 듯 물었지만, 이수는 일단 몇 시까지 서울역으로 나오라는 말만 남기고 전화를 끊었다. 왠지 그러고 싶어서였다.

며칠 뒤, 이수는 정원과 서울역 플랫폼에서 만났다.

이수가 정한 여행지는 강릉이었다. 서울에서 열차로 삼십 분밖에 안 걸리는 데다, 바다를 볼 수 있고 맛있는 것도 많아서 서울 사람들이 정말 좋아하는 여행지였다.

이수는 가방에서 카메라 두 대를 꺼내서 정원에게 하나를 건넸다. 정원이 얼떨떨하게 받아 들자 이수가 빙긋 웃으며 말했다.

"이제 저는 안 쓰는 거예요. 정원 님 카메라 살 때까지 빌려드릴 테니까 편하게 쓰세요. 촬영 연습도 하셔야죠. 오늘 정원 님은 저 찍으세요, 저는 정원 님 찍을 테니까. 아셨죠?"

정원이 놀란 얼굴로 말했다.

"제, 제가 이수 님을 찍어도 돼요?"

"네, 찍으세요. 많이 찍으세요. 그리고 나중에 보시다가 혹시 맘에 드는 부분 있으시면 편집해서 올리셔도 돼요. 태그만 해주세요. 저 일 등이잖아요. 제가 나오면 분명 조회 수에 도움 되실걸요?"

"우아, 정말 고마워요."

정원은 감동으로 붉게 물든 뺨을 애써 숨기려는 듯 고개를 떨구며 이수에게 건네받은 카메라를 하염없이 만지작거렸다. 그러는 동안 이수는 벌써 촬영 준비를 다 마쳤다.

"오늘 영상 최소 다섯 개 정도 뽑을 건데, 우선 순간 이동한 것처럼 연출하는 거 찍을게요."

서울역 표시가 잘 보이도록 앵글을 잡은 이수는 정원을 그 앞에 서게 했다. 그러나 카메라 렌즈에 잡힌 정원의 모습은 너무나 엉거주춤하고 어색해 보였다. 이수는 팔과 다리를 쭉 펴고 이렇게 저렇게 해보라고 세심하게 지시했지만 아무래도 정원에게는 잘 와닿지 않는 듯했다. 자신이 그 자리에 서서 시범을 보여도 마찬가지였다. 결국 이수는 어쩔 수 없이 손으로 정원의 팔과 어깨를 잡아가며 카메라에 가장 예쁘게 잡힐 자세와 위치를 정해주었다. 그 덕분에 겨우 그럴듯해 보이는 장면이 찍혔다.

다 찍고 나서는 열차 안으로 들어가 자리에 앉은 모습을 몇 컷 더 찍었다. 의자에 앉자마자 일 초 만에 도착하는 콘셉트로 편집할 수도 있으니까, 말하자면 보험이었다.

"이수 님은 찍으면서 영상을 어떻게 만들지 머릿속에 다 그려지나 봐요."

"아무래도 그렇죠."

"진짜 멋있다."

정원이 진심으로 감탄하는 듯한 얼굴로 엄지를 들어 보였다. 이수로서는 어째서 그게 안 되는 건지가 오히려 신기하기는 했지만, 어쨌거나 기분이 나쁘지 않아서 어깨를 으쓱했다.

삼십 분은 여행 가는 것치고는 짧은 시간이지만, 아무것도 안 하고 가만히 앉아 있기에는 너무 지루한 시간이었다.

이수는 습관처럼 태블릿 단말기를 꺼내 알고리즘에 뜨는 쇼츠들을 확인했다. 마침 현서의 계정에 여름방학에 놀러 갈 때 입으면 좋은 패션을 추천하는 쇼츠가 새로 올라와 엄청난 조회수를 기록하고 있었다. 그러고 보니 현서랑 며칠간 연락을 못 했다는 걸 그제야 깨달았다. 물론 현서는 지금도 특별한 일 없이 언제나처럼 카메라와 모니터 앞에 앉아 있을 것이다. 몇 시간 전에 올라온 영상이 그 증거였다. 이수는 옆에 앉은 정원을 슬쩍 흘깃했다. 아무래도 현서는 꼴찌 데리고 강습하느라 바쁜 자신을 배려해주는 걸 테니까.

정원은 태블릿 단말기보다 창밖을 보는 것을 더 좋아하는 듯했다. 가끔 이수가 빌려준 카메라를 들고 창밖을 찍어 보는 듯도 했는데, 뭐든 쇼츠로 뚝딱뚝딱 만들어내는 이수도 그걸로 뭘 만들 수 있을지 감이 오지 않았다. 설렘이 잔뜩 묻은 얼굴로 창밖과 기차 곳곳을 관찰하던 정원이 문득 가슴이 벅차다는 듯 말했다.

"저, 열차 타는 거 진짜 좋아해요. 어렸을 때는 가족하고 더 먼 데도 많이 갔어요. 부산이나 해남, 통영 같은 곳이요."

이수는 정원의 말에 문득 호기심이 생겼다.

"그러고 보니 정원 님 부모님은 어떤 분들이세요?"

이수로서는 자신이나 다른 친구들과는 여러모로 다른 정원에 대한 힌트를 얻고 싶었다.

"부모님은 제가 어렸을 때 교통사고로 돌아가셨어요. 그래서 네 살 때부터 할머니가 저를 키우셨는데, 할머니는 시력이 나빠서서 앞을 거의 못 보세요."

"아, 미안해요."

대답을 듣고 보니 자신의 질문이 무례했던 것 같아 이수는 저도 모르게 사과했다. 그러나 정원은 웃으며 손을 내저었다.

"그래서 집에서 카메라나 모니터를 쓸 일이 별로 없었어요. 쇼츠 만드는 법 같은 것도 할머니는 모르시니까."

"그렇군요."

어렸을 때부터 촬영하고 편집하는 부모를 보고 자란, 심지어는 자신 역시 피사체가 되는 것이 익숙했던 이수와는 너무나 다를 수밖에 없는 환경이었다.

"하루 종일 오디오 북 듣는 게 할머니 취미거든요. 그래서 저도 보는 것보다 듣는 것에 더 익숙해요."

"할머님도 정원 님도 정말 답답하시겠어요."

"아니에요, 안 보는 게 더 편해요. 할머니가 제 걱정은 많이 하시죠. 학교에서도 그것만 배우는데, 제가 잘 못 따라가는 거 같으니까……. 근데 저는 별 상관 없거든요. 졸업하고 나서 뭐든 다른 일 하면 되고, 요즘 세상에 뭐 굶어 죽는 사람이 있는 것도 아니니까요."

"근데 그럼 이건 왜 열심히 해보겠다고 한 거예요?"

"그게, 이수 님이 너무 고맙잖아요. 누군지도 모르는 꼴 찌한테 귀중한 여름방학 시간을 내준다는 게."

사실 교장선생님한테 MCN 소개받고 싶어서였는데, 라는 생각을 이수는 굳이 입 밖으로 꺼내지는 않았다.

"그래서 열심히 해보고 싶어진 거예요. 이상한가요?"

"아뇨."

이수는 처음으로 정원이 하는 말을 이해할 수 있을 것 같은 기분이 들었다.

"이수 님이 보내준 영상, 재밌었어요. 솔직히 말하면 평생 제가 찍힌 걸 볼 일이 없었거든요. 할머니는 영상 촬영도 거의 안 하시니까."

이수는 정원의 말을 듣고 곰곰이 생각하다가 문득 둘이 함께 봤던 영화를 떠올렸다.

"그러고 보니까 그 영화 몇 번 본 거예요?"

"모르겠어요. 최소한 열 번은 넘게 봤는데."

열 번? 한 시간 사십 분을 열 번? 그러면 대충 계산해도 천 분? 이수로서는 도저히 가늠이 되지 않는 시간이었다. 그래서 묻지 않을 수가 없었다.

"왜요?"

"그걸 보는 동안은 꼭 그 도시에서 그 주인공들이랑 같이 시간을 보내는 기분이 들거든요. 그게 너무 행복해서요."

"같이 시간을 보낸다고요?"

"네."

이수에게는 정원의 그 말이 무척 알쏭달쏭하게 들렸다. 시간이란 건 항상 때우는 것이거나, 아끼는 것이 아니었나. 시간을 '보낸다'는 건 뭘까. 그것에 대해 깊이 생각하다 보니, 어느새 이수는 정원을 앞에 두고 여태 해본 적 없던 이야기를 하고 있었다.

"저는 태어났을 때부터 엄마랑 아빠가 영상을 찍어줬어요. 그게 너무 당연했고, 또 다들 그렇게 사니까……. 제가 좀 크고 나서는 직접 찍었고, 제 계정도 키웠고요. 그게 즐거웠어요. 근데 언제부턴가 진짜 제 인생은 화면 안에 있고, 그걸 찍고 편집하고 먹고 자고 하는 시간은 다 그 순간을 만들기 위한 준비 과정인 것처럼 느껴지더라고요."

이수는 자신이 왜 이런 말을 하고 있지 하는 생각이 들어 문득 불안해졌다가, 귀를 기울이고 있는 정원의 차분한 눈동자를 보면서 소란하던 마음이 조금씩 가라앉는 것을 느꼈다.

"지금 이렇게 강릉에 가는 것도요?"

"네, 저희 쇼츠 뽑으러 가는 거잖아요. 영상이 잘 나오느냐, 반응이 좋냐 아니냐가 제일 중요하니까. 긴장도 되고, 살짝 스트레스도 있고. 근데 괜찮아요. 좋은 스트레스니까."

"그럼 너무 미안한데요."

"왜요?"

"저 때문에 이수 님이 스트레스받는 거잖아요. 저는 오랜만에 기차도 타고, 풍경도 보고, 하늘도 보고, 바다 볼 생각, 맛있는 거 먹을 생각에 마냥 좋기만 한데……."

정원이 혼난 강아지처럼 풀 죽은 표정을 지었다. 이수는 애써 웃음을 참고 대답했다.

"그러니까 그러면 안 된다고요. 같이 고민도 하고 부담도 느껴야 나중에 정원 님이 혼자서도 잘할 수 있죠. 참, 아까 보니까 그냥 아무거나 막 찍으시던데, 오늘 촬영하는 법도 확실히 알려드릴게요. 여행 콘텐츠는 촬영도 진짜 중요하거든요."

정원이 고개를 끄덕이면서 속삭이듯 작은 목소리로 말했다.

"이수 님도 재밌게 다녀왔으면 좋겠어요."

이수는 그 말을 분명히 들었지만 못 들은 척했다. 어쩐지 그래야 할 것 같은 기분이 들어서였다.

열차가 곧 강릉역에 도착했다. 이수는 도착하자마자 열차 안에서 한 번 그리고 플랫폼에서 또 한 번 정원을 세워 놓고 영상을 찍었다.

"아까 서울역에서 찍은 컷이랑 붙여서 편집하면 순간 이동한 것처럼 보이겠죠? 뻔하긴 하지만 다들 좋아하니까 연습 삼아서 하나 만들어보자고요. 포인트는 당연히 앵글과 사이즈가 같아야 되는 건데⋯⋯."

"아, 네."

"잘 이해 안 되시는구나."

이수는 자신이 아까 찍었던 영상과 방금 찍은 영상을 정원에게 다시 보여주면서 설명했다. 정원은 진지한 얼굴로 고개를 끄덕였지만 어쩐지 전혀 모르는 외국어를 듣고 있는 것 같은 얼굴이었다. 정원의 표정을 보며 이수는 좀 더 설명해야 하나 고민했지만, 아직 갈 길이 머니 체념하고서 정원을 다음 목적지로 이끌었다.

두 사람이 택시를 타고 도착한 곳은 안목해변이었다.

"강릉에 왔으니 바다는 꼭 와야죠. 강릉 오는 사람들은 다 여기 올걸요. 근데 여기서 제가 진짜 보여주고 싶었던 건 해변이 아니라 이거예요. 신상 카페!"

이수가 태블릿 단말기를 들어 정원에게 동남아 리조트 스타일의 건물 외관과 인테리어 사진을 보여주었다.

"여기는 진짜 신상이라 아직 쇼츠에 거의 안 나왔더라고요. 이런 데를 올려줘야 알고리즘도 타고, 조회수도 올라가죠. 오늘 카페 네 군데 찍을 건데, 순간 이동 쇼츠랑 강릉 관광지 쇼츠랑 신상 카페 쇼츠 최소 세 개……. 다 하면 대여섯 개는 나오겠어요."

정원은 긴장한 얼굴로 열심히 고개를 끄덕였다. 이수의 계획에 혹시라도 자신이 방해가 되면 안 된다는 비장한 각오가 엿보였다.

이수는 카메라로 정원을 찍으면서 그간 별생각 없이 바라봤던 그의 얼굴, 그중에서도 눈동자에 자꾸 줌을 당기고 싶다고 생각하는 자신을 발견했다. 그러고 보니 지난번에 멀티미디어실에서 찍은 영상에서도 정원의 눈빛은 신기할 정도로 반짝였다.

해변에서 정원이 뛰어다니는 것을 보니, 그의 긴 팔다리가 유독 시원시원해 보이는 느낌이었다. 발이 푹푹 빠지는 모래에서도 정원은 잘 달렸다. 맨발로 뛰면서 파도와 술래잡기하는 정원의 모습을 물끄러미 보다가 이수가 말했다.

"파도도 높은데, 장난치다가 홀딱 젖는 거 한번 찍어볼 까요?"

왠지 짧은 코미디 쇼츠로 쓰기에 좋을지도 모른다는 생 각이 들어서 즉흥적으로 떠올린 아이디어였는데, 정원은 망설임 없이 고개를 끄덕였다.

"준비, 액션!"

이수의 목소리를 신호로 정원은 물이 막 빠져나간 질퍽 한 모래사장 안쪽으로 뛰어 들어갔다가, 파도가 다시 들어 오기 전에 날렵하게 빠져나왔다. 정원은 방정맞게, 최대한 까부는 듯한 움직임을 보여야 한다는 이수의 주문을 몇 번 이고 되새겼다. 그러고는 두 번 더 뛰어다니기를 반복하다 가 마지막에 발을 잘못 디디면서 모래사장 위로 넘어졌다. 그 순간 파도가 쓰러진 정원의 위를 덮쳤다.

단 한 번의 NG 없이 이수가 생각했던 장면 그대로였다. 웃음을 참느라 카메라가 조금 흔들릴 뻔했지만, 이수는 프 로 정신을 발휘해 촬영을 무사히 끝냈다.

"너무 잘했는데요?"

이수가 정원에게 찍힌 것을 보여주자, 정원은 어색한 듯 쑥스러운 듯 웃으면서도 그 영상에서 눈을 떼지 못했다.

정원은 이수가 편의점에서 사 온 수건으로 쫄딱 젖은 몸을 닦았다. 갈아입을 옷이 필요하지는 않냐고 물었더니 괜찮다며 고개를 저으며 말했다.

"잠깐 벤치에서 말리면 될 것 같아요. 젖은 옷으로 가게에 들어가면 민폐니까 잠깐 여기 앉았다 갈까요?"

이수와 정원은 나란히 바다를 바라보고 앉았다. 청량하고 상쾌한 바람이 불어왔다. 규칙적인 파도 소리를 제외한 모든 주변의 소리가 천천히 희미해졌다. 이수의 코끝에 소금기 어린 바다 냄새가 맴돌았다. 햇빛이 찬란하게 부서지며 이 순간 딱 한 번밖에 만들지 못하는 윤슬을 바다 위에 그려내고 있었다.

멋진 풍경이었다. 이수는 그 생각을 하자마자 습관적으로 카메라를 꺼냈지만 이내 렌즈의 방향을 정하지 못하고 헤매다가 다시 그대로 집어넣었다.

두 사람은 아무 말이 없었다. 이수가 문득 어깨에 닿는 시선을 느껴 돌아보았을 때, 정원이 황급히 고개를 돌리는 것이 느껴져 저도 모르게 웃었다. 그렇게 일 분, 이 분 시간이 흘러갔고 이수는 태블릿 단말기나 카메라 없이, 심지어 대화도 없이 이렇게 앉아 있어도 지루하지 않다는 걸 느끼고는 놀랐다. 그리고 생각했다, 어쩌면 지금 우리가 시간을 함께 '보내고' 있는 것일지도 모른다고.

얼마나 지났을까, 등받이에 몸을 기대고 앉아 있던 정원이 허리를 세우며 자리에서 일어났다. 그러고는 탁탁 소리를 내며 커다란 손바닥으로 짙은 남색의 청바지를 털자 모래가 우수수 떨어졌다.

계속되는 침묵이 어쩐지 가슴을 내리누르는 기분이 들어서 이수가 말했다.

"이제 가볼까요?"

정원이 고개를 끄덕이며 웃었다.

몸을 일으킨 이수와 정원은 나란히 걸었다. 정원이 문득 생각난 듯 짐짓 진지한 표정으로 카메라를 꺼내더니 주위를 찍었다. 이수는 그 모습이 왠지 귀여워 보여서 웃었다. 오 분쯤 걷자 카페에 도착했다. 이수가 보여주었던 태블릿 단말기 화면의 사진과 똑같았다.

진한 갈색의 원목으로 꾸며진 인테리어에 낯선 열매가 달린 열대식물 화분들로 빽빽해서 열대우림을 가장 편안하고 깔끔한 방식으로 체험하도록 설계된 공간 같았다.

이수는 한 번도 동남아 리조트에 가본 적 없었지만, 언젠가부터 실제로 가본 것보다도 더 잘 알고 있는 것 같다는 느낌이 들었다. 이런 식으로 그 공간을 구현하기 위해 노력한 곳에는 수도 없이 가봤고, 그것들을 겹치면 나오는 공통

분모가 바로 다녀온 사람들이 생각한 동남아 리조트의 이데아 같은 것일 테니까.

이런 공간이 으레 그렇듯 음료는 연유를 넣은 단 커피가 시그니처 메뉴였고 빨간색, 파란색 시럽을 쓰는 얼음 디저트가 인기 메뉴였다. 과연 촬영에 적합하게 설계된 공간이었고, 바로 그 이유로 한동안 인기를 끌게 될 무수히 많은 카페 중 하나라는 것을 이수는 입장하자마자 알 수 있었다.

이수는 비어 있는 자리 중 가장 촬영하기 좋은 곳을 한눈에 찾아내 정원을 앉혔다. 그리고 정원이 그곳의 분위기와 음악, 공간에 가득 찬 커피의 향을 즐기는 동안 이곳에서 꼭 시켜야 할 음료와 디저트를 능숙하게 주문했다. 그리고 잠시 뒤 서빙 로봇이 음료와 디저트가 담긴 아기자기한 접시를 갖고 왔을 때, 이수는 잔을 입으로 가져가려는 정원의 손을 저도 모르게 찰싹 때렸다.

"촬영이 먼저죠!"

너무 세게 때렸나 싶어서 내심 이수 자신도 놀랐지만, 너무나 기본적인 상식이자 에티켓이기에 어쩔 수 없었다고 자기 합리화를 했다. 물론 아까 들었던 정원의 환경을 생각하면 이해가 안 되는 것도 아니지만.

정원이 미안하다는 듯 이수에게 눈을 찡긋했다. 이수는

민망한 마음에 흠흠 목을 가다듬고 정원에게 카메라를 들게 했다.

"음료나 디저트 잘 찍는 건 진짜 기본 중의 기본이에요. 여행 콘텐츠를 하실 거면 더더욱. 여행 가면 먹는 게 정말 중요하잖아요, 알죠?"

"네."

"자, 정원 님이 한번 먼저 찍어보시고 그다음에 제가 찍은 거 보세요. 차이점을 알겠어요?"

그렇게 막 나온 음식을 앞에 두고서 한참 동안 이수의 촬영 교육이 이루어졌다. 정원은 최선을 다해 이해하고 기억하려 노력하면서 '가장 중요한 건 앵글과 색감'이라는 이수의 말을 몇 번이나 되뇌었다.

몇 분 뒤, 교육이 끝나자마자 정원은 기다렸다는 듯 커피잔을 들었다. 그리고 이수를 관찰했다. 그러나 자신이 커피 몇 모금을 더 홀짝거리고 디저트를 몇 스푼이나 먹는 동안 이수가 카메라만 만지작거리고 있자 그제야 눈치채고서 물었다.

"이수 님은 안 드세요? 좀 드셔보세요. 너무 맛있어요, 여기 커피랑 디저트."

"괜찮아요, 어차피 몇 군데 더 갈 거니까. 이따 먹고 싶어지면 먹을게요. 아, 밖에서 외관 인서트 촬영 좀 해야겠다. 정원 님은 천천히 먹고 나와요."

그러더니 말릴 틈도 없이 밖으로 나갔다. 정원은 조금 아쉬운 표정으로 창 너머의 이수를 바라보면서 남은 커피를 천천히 마셨다.

정원이 카페에서 나왔을 때 이수는 망설임 없이 다음 장소로 그를 이끌었다. 그리고 이어지는 몇 시간 동안 오죽헌과 경포호, 카페 두 곳, 장칼국수를 파는 시장, 주문진 항구와 마지막 카페까지 계획했던 곳 전부를 방문하는 것에 성공했다. 해가 지는 항구에서는 둘이 나란히 서서 요즘 가장 인기 있는 댄스 챌린지 영상도 찍었다.

처음 정원을 만날 때만 해도 이수는 이렇게까지 할 생각은 없었다. 막상 와서 찍어보니, 정원이 혼자 하는 게 너무 어설퍼 보이고 답답해서 그렇다고 핑계를 대보았지만 실은 진심으로 도와주고 싶었다. 같이 하고 싶었다. 같이 시간을 보내는 게 즐거웠다.

강행군이었는지 돌아오는 열차에서는 누가 먼저랄 것도 없이 이수와 정원 모두 곯아떨어졌다. 약 삼십 분 뒤 서울역에 도착했다는 안내 방송이 나오자 두 사람은 동시에

무거운 눈꺼풀을 들어 올렸다. 어느새 머리를 맞대고 있다는 사실을 깨달았지만 애써 태연한 척, 없었던 일인 척 하며 자리에서 일어났다.

썰물처럼 바쁘게 빠져나가는 사람들 속에서 나란히 걷다가 정원이 나지막한 목소리로 말했다.

"오늘 정말 재밌었어요. 고마워요."

이수가 가만히 미소 지었다.

"날씨도 너무 좋았고, 정원 님이 카메라 앞에서 긴장을 안 해서 그런가 촬영도 잘된 것 같아요. 쇼츠 많이 뽑을 수 있을 것 같은데요? 고생 많았어요."

"이수 님이 더 고생 많았죠."

"그런데 이게 끝이 아니에요."

"네?"

"더 중요한 건 편집이죠. 다음번에는 그걸 가르쳐줄게요. 그러면 진짜 다 끝날 것 같은데요."

"고맙습니다. 편집은 폰으로 하시나요?"

"보통 그러기도 하는데, 저는 푸티지도 많고 꼼꼼하게 보고 싶어서 컴퓨터로 해요. 상위권으로 가려면 아무래도 큰 화면으로 보는 게 좋죠. 어디서 하는 게 좋을까……."

이수가 골똘히 생각에 빠지자, 정원이 슬쩍 눈치를 보다가 중얼거렸다.

"그럼 혹시 저희 집……."

하지만 이수는 듣지 못한 척하며 큰 소리로 말했다.

"학교에서 만나요, 실습실에서. 괜찮죠?"

"아, 네."

그 대화를 마지막으로 두 사람은 헤어졌다.

이수는 무심결에 정원의 멀어지는 모습에 대고 손을 흔들다가, 혼자 웃었다. 그러고는 곧장 현서에게 화상통화를 걸었다.

이수의 생각대로 현서는 열심히 촬영하고 편집하는 중이었고, 이수가 바쁠까 봐 연락하지 않았다고 했다. 이수는 고맙다고 대답하면서 태블릿 단말기 화면을 지그시 바라보았다. 화상통화 화면을 통해서 보는 현서의 모습이 왠지 두 사람이 만나기 전, 쇼츠 순위 경쟁할 때를 떠올렸다.

며칠 뒤, 정원이 학교 실습실에 도착했을 때 이수는 이미 컴퓨터 앞에 앉아 있었다.

"제가 몇 개 만들어봤어요."

이수가 정원에게 임시로 편집한 영상들을 보여줬다. 삼십 초가 채 안 되는 몇 편의 쇼츠 영상에는 정원이 서울에서 강릉까지 순간 이동을 하고, 바닷가에서 장난치다가 넘어져 물벼락을 맞고, 멋진 카페를 네 군데나 추천하고, 장칼국수를 먹고, 엄청나게 큰 냄비에 담긴 해물찜을 먹는 것까지 숨 가쁘게 담겨 있었다. 그리고 마지막 하이라이트는 해가 지는 바닷가에서 이수와 정원이 나란히 챌린지 춤을 추는 모습이었다.

정원이 감탄하며 말했다.

"와, 너무 신기해요. 이렇게 만들어지는 거군요."

"느낌 알겠죠? 처음부터 콘셉트 잡아서 촬영만 잘하면 편집도 그렇게 어렵진 않아요."

이수는 정원에게 음원 검색부터 키프레임까지 친절하게 설명하기 시작했다. 그러면서 정원이 이해하기 쉽도록, 자신이 보여줬던 가편집 영상을 더 미세하게 조정하고 화려한 자막과 효과를 넣는 법도 알려줬다. 정원이 보기만 해도 눈이 아프다고 장난스럽게 호소했지만, 이수는 그래야 사람들이 좋아한다면서 정원을 격려했다.

그렇게 이수와 정원이 나란히 앉아 대여섯 시간 동안 서로 속삭이고 마우스를 움직이고 키보드를 두드리며 작업한 결과 그날 저녁 정원은 자기 손으로 제법 쇼츠 같은 영상을 만들어낼 수 있었다. 정원과 함께 만들어낸 여섯 번의 삼십 초를 보면서 이수는 무척 뿌듯했다. 정원도 이수의 얼굴을 보며 마주 웃었다.

"이제 업로드만 하면 끝이네요! 계정 이름이랑 썸네일도 지난번에 얘기한 대로 바꾸면 지금보다 훨씬 구독자도 늘고 조회수도 올라갈 테니까, 더 이상 선생님들이 걱정하시진 않을 거예요."

"그러겠네요. 다 이수 님 덕분이에요."

"별말씀을요. 앞으로 정원 님 혼자서라도 계속…… 잘해나갔으면 좋겠어요. 저희가 찍은 푸티지 보다 보면 또 새로운 아이디어가 떠오를 거예요. 서툴더라도 직접 만들어 보세요."

"그럴게요. 걱정 마요."

어느새 저녁 시간이 훌쩍 지나 있었기에, 학교를 빠져나오면서 정원이 같이 식사하지 않겠냐고 물었다. 그러고 싶었지만, 그러고 싶지 않기도 해서 이수는 집에 가서 먹겠다고 대답하고는 정원과 헤어졌다.

정원과 같이 보낸 며칠 동안 이수는 평소 느끼지 못했던 기분이나 발견하지 못했던 감정을 자꾸만 마주하게 됐다. 그건 즐거운 한편 두려운 일이었다. 그래서 이수는 빨리 집에 돌아가 언제나처럼 라이브 방송 중인 부모님을 보고, 현서와 통화를 하면서 다음 커플 계정에 올릴 컬래버 영상에 대해 이야기를 나누고 싶었다. 그래야 두근거리는 가슴을 진정시키고 안심할 수 있을 것 같았다. 그동안 살아왔던 익숙한 자신의 세계가 여전히 건재하다는 실감 속으로, 조금이라도 빨리 뛰어들고 싶었다.

현서와 통화를 하던 이수는 이제 개학이 사흘밖에 남지 않았다는 것을 깨달았다. 언제 이렇게 시간이 빨리 지났지? 속으로 생각했지만, 현서에게는 말하지 않았다.

개학일은 드물게 모두가 교실에 모이는 날이다.

자율주행 자전거를 타고 학교에 가면서 이수는 언제나처럼 태블릿 단말기를 보고 있었다. 그때 낯선 계정에서 태그 알림이 왔다.

누가 보냈지, 하고 고민할 틈도 없이 이수는 그게 정원이라는 것을 알았다. 사흘 전 마지막으로 정원과 헤어진 뒤에 단 한 순간도 잊은 적이 없었다. 타인과 함께 찍은 영상을 인터넷에 올리려면 반드시 태그를 하고, 그 당사자의 동의를 받아야만 올릴 수 있었기에 이수는 이 알림이 오기만을 기다리고 있었다.

사실 이수는 요 며칠간 정원과 함께 찍었던 삼십 초짜리 챌린지 영상을 여러 번 돌려 봤다. 유난히 촬영이 잘되고, 동작과 표정도 좋아서 복습한다는 핑계로 말이다. 이미 정원의 계정에 올라갈 영상은 다 완성됐지만, 이수는 혼자 프레임을 더 붙이거나 덜어보고 특수 효과를 바꿔보면서 편집을 만지작거렸다. 해가 바다 위로 완전히 떨어지는 것과 두 사람이 마지막으로 하이파이브를 하는 것이 겹치는 그 순간은 봐도 봐도 짜릿했다. 보고, 또 보고. 어쩌면 이백 번 정도 봤을지도 모른다.

그렇기에 이수는 두근거리는 마음으로 빠르게 손가락을 움직였다. 얼른 동의 버튼을 눌러서 그 쇼츠가 온라인에 공개된 것을 보고 싶었다.

영상 길이를 나타내는 숫자 '1:40'을 보며 일 분 사십 초는 너무 길다고 생각하던 이수는 로딩이 끝나고 뜬 화면을 보고 자신의 눈을 의심했다. 정원이 이수를 태그한 영상의 길이는 무려 한 시간 사십 분이었고, 제목은 '여름방학'이었다.

허. 기가 막힌 나머지 이수는 저도 모르게 헛웃음을 지었다. 도대체 뭘 만든 거야? 이수는 서둘러 화면을 터치했다.

첫 컷은 멀티미디어실에서 이수와 정원이 나란히 앉아 영화를 보는 장면이었다. 침묵 속에서 조용히 영화의 효과

음과 대사가 흘러가고, 이수가 하품할 때 정원이 살짝 그쪽을 의식했다.

다음은 플랫폼에서 처음 건네받은 카메라로 정원이 찍은, 인서트를 찍기 위해 분주한 이수. 그다음은 기차 안에서 태블릿 단말기를 골똘히 보는 이수.

강릉역에서 어색하게 점프하는 정원, 안목해변에 도착해서 환호하는 이수의 뒷모습, 이수가 아이디어를 설명하면 정원이 경청하던 해변, 두 사람이 나란히 카페까지 걸어가는 길에 지나가는 사람들, 그때의 햇빛과 지나가는 차들, 의미 없는 잡담, 카페에 도착하자마자 주문하러 가는 이수, 카페 밖에서 촬영하는 이수, 시장 가는 길을 찾는 이수, 카메라를 내려놓고 편하게 장칼국수를 먹는 이수, 서두르다가 떨어뜨린 가방을 줍는 이수, 웃는 이수. 그런 이수를 바라보는 정원, 해물찜을 먹으며 활짝 웃는 정원의 얼굴. 그런 화면들이 주욱 이어졌다.

놀람과 당황 그리고 그 두 가지를 아득히 뛰어넘는 뭐라 설명할 수 없는 감정이 복받쳐 올라왔다. 이수는 어느새 눈물을 흘리고 있는 자신을 발견했다. 도대체 이게 뭐지.

이수는 정원에게 전화를 걸었고, 여전히 태블릿 단말기

의 카메라를 고치지 않은 그와 운동장 구석에서 만났다.

"정원 님, 저랑 같이 만든, 제가 다 만들어준 쇼츠 영상 많잖아요. 대체 이런 걸 왜…… 만든 거예요?"

정원은 이수의 혼란스러워하는 얼굴을 보면서 진심으로 미안해하는 표정을 지었다. 그리고 한참 말을 고르다가 입을 열었다.

"모르겠어요, 그냥 저한테는 그게 하이라이트였어요."

이수의 말문이 막혔다.

"이수 님 말대로 계속 봤거든요, 그날 찍었던 것들. 근데 제가 계속 보고 또 돌려 보고 있는 건 그 부분들이더라고요. 그날의 진짜 중요한 순간은 사실 그때였다고 전하고 싶었어요. 불쾌했다면 정말 미안해요. 안 올릴게요."

정원의 말을 들으면서 이수는 더더욱 당황했다. 화를 내고 싶었는데 화가 나지 않아서였다. 자신이 둘이서 찍은 쇼츠를 보고 또 보는 동안, 정원은 이 긴 영상을 만들고 있었다는 것이 어쩐지 애틋하게 느껴졌다. 이백 번의 삼십 초는, 한 시간 사십 분이기도 하다는 것을 이수는 그때 깨달았다.

하고 싶은 말이 끓어오르는 것 같았지만 도저히 입이 떨어지지 않았다. 정원과 나란히 앉아서 바라보았던 안목해변의 윤슬만 자꾸 눈앞에 아른거렸다. 심지어 정원이 만든 영상에는 그 장면이 있지도 않았는데. 왜일까, 왜 이러는 걸까.

이수는 정원에게 차마 아무 말도 하지 못하고 자리를 떴다. 당장이라도 흘러넘칠 듯 고여 있던 눈물을 서둘러 닦아 냈다.

그때 이수에게 익숙한 얼굴이 다가와 인사했다. 이수에게 '꼴찌를 맡아달라'고 부탁했던 선생님이었다.

"이수야, 얼굴이 왜 그래? 무슨 일 있어?"

"아뇨, 아무 일 없어요."

이수는 최선을 다해 태연한 표정을 지었다. 그게 꽤 그럴듯했는지, 선생님은 곧 안심한 얼굴로 물었다.

"여름방학은 재밌었니?"

네, 재미있었어요. 아니요, 재미없었어요.

답은 둘 중 하나고, 무엇이든 간단하고 명확하게 만드는 것은 이수의 특기였다.

하지만 그 순간 이수는 도저히 한마디로 대답할 수 없을 것 같아 걸음을 멈추었다. 나란히 걷던 선생님이 의아하다는 듯 이수를 돌아보았다. 이수는 대답 대신 모래가 섞인 바닷물이 맑아지기를 기다리는 마음으로 가만히 서 있었

다. 그 답을 찾을 때까지, 삼십 초는 아무래도 부족할 것 같
았다.

오차범위는 작게

최 세 은

나이가 지긋한 안경사는 입을 일자로 다물고서 내 안경을 바라보았다. 그가 너무 뜸을 들여 마음이 초조해지고 있었다.

"저……."

결국 참다못한 내가 뭐라도 말하려는 순간 진단이 내려졌다.

"이건…… 최소 삼 주는 걸리겠는데?"

"네? 그렇게나요?"

"응. 너무 오래 쓰기도 했고, 눈 자체가…… 참 어렵게 생겼네."

"……."

"하는 김에 모듈도 버전 올리지 그래? 이건 구버전이라 용량에 한계가 있어."

"추가금이……."

"이 정도?"

그가 보여준 영수증을 보고 나는 고개를 내저었다. 안경사도 안경은 안 쓰고 있었다. 태어날 때부터 렌즈 삽입을 하여 세상을 바라보는 사람이, 나 같은 사람한테 안경을 판매하고 있다니 우스운 일이었다.

앞으로 삼 주. 나는 안경 없이 살아야 한다.

그야말로 청천벽력 같은 선고였다.

✳

사흘 전 편의점 아르바이트를 하러 가는 날이었다.

은행 앱을 보았다. 잔고 십이만 원.

"흠……."

키패드에 '아빠'라고 쳤다. 그와 대화하기를 눌렀다. 막상 무슨 말이라도 쓰려고 보니 손가락은 '안녕하세ㅇ'에서 멈췄다.

아빠와 연락이 끊긴 지가 언젠지 기억도 나지 않는다. 그래도 고등학교 졸업 전까지는 꼬박꼬박 용돈을 보내왔었는데. 스무 살이 되자마자 뚝 끊어질 줄은 몰랐다.

아니지. 매달 자동이체처럼 돈만 입금되기 시작한 이 년 전에 이미 깨달았어야 했나. 부모님은 내가 중학교 3학년이 되던 해 이혼했다.

"희준아! 마침 잘 왔다."

딸랑 울리는 편의점 문을 열고 들어가자 민우 형이 구원자를 만난 듯 내게 달려왔다.

"나 핸드폰 한 번만 빌려줄래?"

민우 형의 얼굴이 무척 다급해 보여 내키지는 않았지만 핸드폰을 건넸다. 형은 구석 스태프실로 들어가 이십 분 정도 있다가 나오더니 말했다.

"나 오늘 진짜 진짜 급한 일이 생겨서 야간에 다시 못 나올 것 같거든."

"아, 네."

그가 다시 건네준 핸드폰은 따끈하게 데워진 상태였다.

"네가 대타 한 번만 해주면 안 될까?"

"아니, 형. 이렇게 갑자기 말씀하시면……."

나도 곤란했다. 하지만 말이 끝나기도 전에 눈앞에 '선택지'가 떴다.

동료 이민우가 곤란해하고 있습니다. 선택지를 고르세요.

1. 거절하고, 아르바이트를 그만둔다.

2. 수락한다.

이번 선택지는 두 개였다. 게다가 1번에는 꼬리표처럼 '아르바이트를 그만둔다'가 있었다.

마음 같아서는 1번을 고르고 싶었다. 하지만 지금 아르바이트를 그만둘 수는 없는 노릇이었다.

"알겠어요."

"와, 고마워. 너한테 부탁하라는 선택지 고르기 잘했다, 야."

"네?"

"진짜 고마워. 나 가볼게!"

민우 형은 정말 급했는지 말이 끝나자마자 편의점 밖으로 뛰어갔다. 잠시 멍하니 서 있던 나는 한숨을 내쉬고 카운터 안쪽으로 들어갔다.

가끔 선택지가 내 인생의 어느 시점까지 보고 방향을 제시하는지 궁금했다. 경우의 수가 어디까지인지, 내 선택으로 인해 어디까지 바뀌게 되는지 말이다.

민우 형은 선택지를 통해 나에게 부탁했고 나는 마지못해 부탁을 받아주었다. 물론 나는 돈이 필요했다. 민우 형의 부탁을 들어주면서 내 잔고를 늘릴 수 있는 선택을 한 것이다. 결과적으로 그게 맞을 텐데.

선택해놓고 곱씹어보는 건 중학교 3학년 이후로 생긴 고질병이었다.

✳

선택지 신드롬. 처음에는 그런 식으로 불렸다고 한다.

게임 같은 UI. 내 일상과 연관되는 질문과 선택지. 선택지에 따른 누적 가산점. 더 나은 인생으로 방향을 정한다는 메인 키워드. 빅데이터 인공지능을 기반으로 탄생한 일상 알고리즘은 부르기 쉽게 '선택지 신드롬'이 되었다.

유행은 빠르게 번지고, 알고리즘은 사용자 수를 불리며 몸집을 키워나갔다. 삼십 년이 지나자 인공지능은 한 사람의 일생을 알고리즘화하여 이후 백오십 세까지의 데이터를 종합적으로 바라볼 수 있게 되었다.

그때부터 생체 렌즈가 불티나게 팔리기 시작했다. 부모 세대에서 아이 세대로, 또 그 아이가 어른이 되어 부모가 될 즈음에는 아이에게 생체 렌즈를 이식하는 것이 숨 쉬듯 당연해졌다.

하지만 태생적으로 렌즈 삽입이 불가능한 눈도 있었다. 시력 자체에는 문제가 없지만 생체 렌즈에 쓰이는 성분이 시신경과 닿을 때 문제가 생기는, 대략 0.3퍼센트에 속하는 사람들이 있었다.

애석하게도 나는 0.3퍼센트에 속했고 렌즈 삽입은 불가능했다.

기억하는 최초의 순간부터 나는 안경을 끼고 있었다. 처음에는 눈이 안 좋은 줄 알았다. 하지만 생체 렌즈는 사용자의 시력 및 안구 노화 속도에 맞게 교정하는 기능을 기본적으로 가지고 있었다. 생활하는 내내 안경을 쓰는 건 정말 드문 경우였다.

여자 친구 민영은 내 안경이 좋다고 했다.

"잘 어울려. 지적인 느낌도 나고."

민영이 웃으며 내 팔에 제 몸을 기댈 때면, 나는 어딘가로 달려 나가고 싶은 욕망을 꾹 눌러야만 했다.

민영은 처음부터 내게 호감을 표했다. 안경 낀 나를 신기해하는 사람은 그간 여럿 있었는데, 그게 멋지다고 대놓고 말하는 사람은 드물었다.

그녀와 밥을 두 번 먹고, 커피를 세 번 마시고, 캠퍼스 운동장을 걷던 어느 날 내 앞에 선택지가 떴다.

몇 번의 데이트를 한 이민영이 앞에 있습니다. 선택지를 고르세요.

1. 이제 그만 보자고 이야기한다.
2. 썸 타는 건 이 정도로 하고, 사귀어보자고 말한다(추가적인 애정 표현도 가능).
3. 여자 친구가 있다고 거짓말한다.
4. 나한테 절대 고백하지 말라고 일침한다.
5. 조심스레 손을 잡는다.

나는 그것이 데이트라고 생각한 적이 없었다. 심지어 식사 두 번 중 한 번은 학식이었고, 커피 세 번 중 한 번은 과 선배가 지나가다 사준 거였다. 날이 좋고 배가 부르니 조금 걷자는 민영의 말에 수긍했을 뿐인데, 여기서?

중요한 문제일수록 선택지는 많아졌다. 드물게 선택지가 다섯 개나 나온 그날, 나는 이 문제가 내 인생에 얼마나 중요한 문제인지 판단할 수 없었다.

내 눈앞에 뭔가 기대감을 가지고 있는 민영이 보였다. 크고 동그란 눈동자를 치켜뜨고서는 나를 올려다보고 있었다.

침을 꿀꺽 삼켰다. 차마 입이 떨어지지 않았다. 나는 아무 말 없이 민영의 손을 덥석 잡아버렸고, 그녀는 차게 식은 내 손을 꼭 맞잡으며 얼굴을 붉혔다. 그렇게 우리는 사귀기 시작했다.

어영부영 한 달 정도가 지나고, 민우 형의 대타를 선 그날은 민영의 생일 이틀 전이었다. 나는 기계적으로 걸레질을 하고, 담배를 차곡차곡 넣으며 생각해봤다. 뭘 해줘야할까. 일단 이번 달 아르바이트비가 나오면 생각해보자. 오늘 대타로 하루치 일당이 더 늘기는 했다. 머릿속으로 계산기를 열심히 굴리던 와중이었다.

턱.

샴푸와 린스, 보디 워시가 세트로 들어간 여행 키트와 여행용 티슈 하나. 가끔 이렇게 카운터에 물건을 집어 던지는 손님들이 있었다. 늦은 저녁부터 내리는 비를 맞았는지 소맷부리가 젖어 있었다. 바코드를 찍으며 얼굴을 살짝 들자 낡은 모자를 눌러쓴 남자와 눈이 딱 마주쳤다.

"뭘 봐?"

"오천오백 원입니다. 여행 키트가 행사 상품이라 칫솔 가져오시면……."

"뭘 보냐고 물었잖아."

포스기를 보고 할 말만 했는데 역효과를 불러왔다. 나는 남자의 얼굴이 궁금한 게 아니었다. 그저 반사적으로 보았을 뿐이었다.

"죄송합니다. 손님 얼굴을 보려던 게 아니고요."

"죄송? 내 얼굴이 그렇게 민폐냐?"

"아니, 그게 아니라⋯⋯."

"노숙한다고 사람 무시해?"

내가 심기를 건든 건지, 남자는 침을 튀기며 흥분했다. 쩌렁쩌렁한 목소리가 편의점에 울려 퍼졌다.

"손님, 잠시 진정하시고⋯⋯."

"에이, 씨!"

남자는 두꺼비처럼 두터운 손을 뻗어 내 옷깃을 그러쥐었다. 반사적으로 남자의 팔뚝을 잡았으나 힘이 어찌나 좋은지 떨쳐낼 수가 없었다.

문제는 따로 있었다. 내 반항하는 행동에 더 욱한 남자가 멱살을 잡고 있지 않은 반대편 손으로 나를 때리려는 자세를 취한 것이다.

그때 갑자기 남자의 손이 내 얼굴로 향하는 게 슬로모션처럼 느려졌다. 이상한 일이었다. 안경 너머 선택지가 빠르게 흘러갔다.

1. 피합니다.

2. 맞습니다.

장난하나. 나는 1번을 골랐고 이거 고르는 사이에 맞겠다고 생각했다.

그런데 순식간에 몸이 움직였다.

남자의 멱살을 밀어내는 손에 힘이 더 들어갔고, 옷과 목 사이 틈새가 벌어지는 순간 고개를 뒤로 확 꺾었다. 나를 치는 남자의 손이 비껴가는 게 여실히 보였다. 놀란 남자의 얼굴이 눈에 들어왔다.

하지만 그는 결과적으로 내 안경을 치는 데 성공했다. 남자의 주먹에 날아간 안경이 편의점 바닥을 세 번 굴렀다. 안경다리가 역방향으로 틀어지고, 오른쪽 알에 금이 가는 것까지 생생히 보였다.

남자의 손에 힘이 빠졌다. 나는 그때를 놓치지 않고 카운터 아래에 있는 긴급 버튼을 꾹 눌렀다.

"어르신, 안경 쓴 사람 치면 살인미수예요."

"아, 살인미수는 무슨! 그냥 살짝 친 건데······."

경찰 앞에서 남자는 한없이 작아졌다. 술이 조금 깼는지 내 눈치를 슬금슬금 보았다. 헛기침을 큼큼하더니 마지못해 미안하다고, 쥐구멍에서도 들리지 않을 법한 목소리로 말했다.

경찰이 물었다.

"안경이 부서졌는데, 어떻게 합의하시겠어요?"

당연히 합의해야 했는데, 그 말에 몸을 크게 움찔 떠는 남자를 봤다. 밝은 형광등 아래 남자는 내 부모보다도 한참이나 나이가 많아 보였다. 때가 낀 손톱 사이를 파고들며 손가락을 만지작거리는 남자. 이제 봄이 다 왔는데도 남자는 두툼하고 낡다 못해 해진 패딩을 입고 있었다. 주머니에서 꼬깃거리며 오천 원과 천 원짜리 지폐 몇 장을 꺼냈다. 겨우 이게 전 재산이라는 듯, 열심히 셈을 해보고 있었다.

"괜찮아요."

내 입에서 나온 말이었다. 경찰도 남자의 행색을 힐끗 보더니 잘 생각했다며 고개를 끄덕였다.

나는 남들과 다른 눈이라 안경을 썼다. 원래 수요가 없는 물건은 비싸지는 게 당연했다. 마지막으로 안경을 맞춘 것도 벌써 오 년 전이었다.

＊

선택지는 최소 두 개에서 최대 다섯 개까지 나온다.

선택지에 나온 것만 고를 수 있는 건 아니다. 선택지는 어디까지나 보조 수단일 뿐, 선택은 언제나 상황에 처한 당사자의 몫이니까.

하지만 대다수가 선택지에 나온 것 중에 고른다. 여기에도 이유가 있다. 선택지 누적에 따른 가산점이 알고리즘에 반영되기 때문이다. 내 인생을 더 디테일하게 반영해줄 다음 선택지를 위해서라도 사람들은 선택지에 나온 것 중에서만 체크한다.

그러면 이렇게 물을 수도 있겠지. 선택지에 있는 선택을 하되, 다르게 행동하면 되지 않겠냐고.

그게 몇 번 반복이 되면 알고리즘은 가능성을 판단할 수 없게 된다. 선택지 없는 세상 속에서 길을 잃는 것, 사람들은 그것을 최악의 상황이라 여겼다.

"우리 과에도 하나 있잖아, 렌즈 없는데 안경 안 쓰는 애."

삼 주 뒤에나 안경을 찾을 수 있다는 말에 민영이 말했다. 머릿속에서 한 명이 스쳐 지나갔다. 렌즈도 안경도 쓰지 않는 과 동기 여자애 하나. 이름이 노을이었나, 가을이었나. 항상 덥수룩한 앞머리로 눈을 반쯤 가리고 고개를 숙이고 다녔다. 거기에 모자까지 쓰고 커다란 백팩을 메고 다니니 눈에 띄지 않는 게 더 어려웠다. 사이비 종교에 빠져있는 괴짜라고 소문이 자자했다.

"하여간, 대학은 어떻게 왔나 몰라."

선택지가 없어도 대학은 올 수 있는 거 아닌가. 하지만 정정하기에는 민영의 말에 가시가 느껴져 잠자코 있었다.

나는 평범하고 싶지 비정상으로 보이고 싶지 않았다. 그 여자애는 어차피 나랑 엮일 일도 없는 사람이었다.

오늘은 민영의 생일이었다. 준비해둔 케이크에 초를 꽂고 쳐다봤을 때, 이쪽을 바라보는 민영의 얼굴이 굳어졌다.

"왜 그래?"

민영은 잠시 뜸을 들이더니 말했다.

"우리, 결혼할래?"

"뭐?"

너무 뜬금없는 말이라 되물을 수밖에 없었다. 내 목소리가 커서, 주변의 시선이 잠시 우리에게 머물렀다 사라지는 게 느껴졌다.

"그렇게 놀랄 일이야?"

"아니, 우리 스무 살이야."

"아는데, 선택지에 나왔단 말이야."

민영과 사귀고 나서 실제로 본 건 열 번도 채 되지 않았다. 도대체 어떠한 근거로 그녀의 선택지에 나와 결혼하라는 선택 사항이 뜰 수 있는 거지.

결혼 얘기가 나오고 나서 분위기는 엉망이 되었다. 어색한 침묵과 겉도는 대화만 얼마간 지속하다 헤어졌다.

나는 묻고 싶었다. 그게 이유가 될 수 있냐고, 선택지 안에 너의 확실한 마음이 담긴 거냐고. 하지만 묻지 못했다. 나 역시 대답할 수 없는 질문이었기에.

선택 기한이 일주일이라는 민영의 마지막 말이 명치를 무겁게 짓눌렀다.

＊

야간 아르바이트 시간에는 밖이 새카맣고 안은 하얘서 나 혼자만 이 세상에 남겨진 기분이 들었다.

지금 안경을 끼고 있었더라면, 내 앞에 어떤 선택지가 나왔을까? 나에게도 민영과 결혼한다는 선택지가 주어졌더라면 내 마음이 이렇게까지 불편하지는 않았을까?

답은 나오지 않았다. 다만 그런 생각만으로 잔잔했던 마음이 소란스러워졌다.

심호흡을 한 번 하며 눈을 감았다. 두어 번 정도 숨을 깊게 들이마시고 내쉬었다.

그리고 눈을 떴을 때 내 앞에 한 여자가 있었다.

눈을 찌를 것같이 내려온 앞머리에 곱슬거리는 헤어스타일. 눈 밑과 코 옆 정중앙을 가르는 곳에 있는 점이 인상적이었다.

누구지? 뭔가 자기 취향이 확실할 것 같은 외모인데도 어디서 본 것 같은 얼굴이었다.

내가 가만히 있자 여자가 과자 봉지를 스윽 앞으로 밀었다. 힐끗 쳐다보는 쌍꺼풀 없이 시원하게 트인 눈동자가 나를 훑었다.

"아, 계산해드릴까요?"

얼마 전에 당해놓고 또 이러네. 눈이 마주치지 않게 조심해야겠다고 다짐하며 바코드를 찍었다. 다행히 여자는 별로 신경 쓰지 않는 것 같았다.

"만구천오백 원입니다."

여자가 메고 있던 커다란 가방에 과자 봉지와 음료수를

담으며 말했다.

"이천 원만 드리면 되죠?"

"네?"

잘못 들은 줄 알고 내가 되묻자 여자가 내 말은 무시하고 이천 원을 건넸다.

"여기요."

심지어 애들이 가지고 놀 법한 장난감 돈이었다. '별나라은행'이라고 적힌 종이를 보고 나는 말문이 막혔다.

"저기요, 손님."

"왜요, 돈 냈잖아요."

가방에 지퍼를 잠근 여자는 눈빛으로 자기가 내민 돈을 어서 가져가라는 듯 여유로웠다. 뭐 이런 날도둑이 있나. 황당함을 넘어 기분이 나빠지려 했다. 눈앞의 사람을 무시해도 유분수지.

"말이 되는 소리를 하세요, 손님."

"……."

"고작 이런 장난감 돈으로 사기를 치려고 하세요? 경찰에 신고합니다. 여기 CCTV도 있거든요?"

이상하게 격양된 건 나뿐이고, 여자는 가만히 있었다. 가방을 메고 나를 차분하게 바라보는 모습을 보고 있으니

나만 이상한 사람이 되어간다는 생각이 들 정도였다.

　그래도 받을 건 받아야 했다. 돈이 아까워서가 아니라 이런 어이없는 행동을 하는 여자를 그냥 보낼 수는 없었다.

　침묵하고 있던 여자가 입을 열었다.

　"이상하네."

　당신이 더 이상해요. 나는 행여 여자가 도망갈까 봐 눈을 떼지 않았다.

　결국 여자는 등에 있던 가방을 앞으로 돌려 지퍼를 열었다. 그 속에서 모자를 꺼내 썼고, 지갑도 같이 꺼내 카드를 드는 순간이었다.

　덥수룩한 머리, 모자, 백팩.

　나는 모자를 쓰고 고개 숙인 여자의 얼굴을 보자마자 그녀가 누군지 기억해냈다.

　"채노을?"

　제 이름을 듣자마자 여자가 숙이고 있던 고개를 확 쳐들고 나를 봤다. 내가 누군지 잘 모르겠다는 듯 미간이 좁아지다 어느 순간 눈이 확 커진다.

　"아, 안경 쓰고 다니는 찐따!"

　편의점에서 동기를 만났다. 소문이 자자하던 노을은 정말로 괴짜가 맞는 모양이었다.

왜 돈도 안 내고 튀려고 했냐는 물음에 노을은 말했다.

"인공지능이 수용 못 하는 얼토당토않는 상황에서는 선택지가 꼬이거든. 자주 쓰는 방법은 아니지만 어떻게든 답을 찾아내는 알고리즘을 역이용한 거지."

내가 황당한 얼굴로 바라보자 노을은 막대 사탕을 입에 물고 나를 바라봤다. 저 사탕도 아까 산 품목에 포함되어 있었다.

"그렇게 쓰레기 보듯 하진 말지? 오늘은 돈이 모자라서 그랬고, 다음에 오면 그거 합쳐서 내려고 했었어."

"말이 되냐."

노을의 앞머리 밑으로 눈썹이 팔자를 그리며 휘어졌다. 억울하다는 뉘앙스였지만 저렇게 사탕을 맛있게 먹으며 짓는 표정이라 진심처럼 느껴지지 않았다.

내가 그러거나 말거나 노을은 별로 신경 쓰지 않았다. 하긴 이해를 바라는 사람이었다면 렌즈도 안경도 끼지 않으며 '괴짜' 소리를 듣지는 않았겠지.

얼마 전까지 나는 선택지가 있는 세상에 있었다. 생체 렌즈가 아닌 안경이라는 보조 수단이기는 해도, 충분히 평범한 사람에 속해 있었다. 하지만 이렇게 노을과 얘기하고 있는 지금, 나는 그녀의 상황과 다를 바 없었다.

아무런 선택지가 뜨지 않는 세상.

문득 그렇게 살아왔을 노을이 궁금했다.

"넌 어쩌다 선택지 없이 살게 된 거야?"

질문하고 보니 조금 어폐가 있었다. 혹시 모른다. 생체 렌즈도 안 될뿐더러, 안경까지 쓰지 못하는 극히 불우한 상황일지도. 나는 노을에 대해 아는 것이 전무했다. 성급하게 물은 것이 후회됐다.

하지만 노을은 역시나 내 예상을 벗어나는 질문을 던져왔다.

"넌 어쩌다 안경 쓰면서까지 선택지를 보는데?"

"어째서냐니, 다른 사람들도 다 그렇게 사니까……."

"다른 사람들이 그렇게 살면 그게 정답인 거야?"

어느새 사탕을 다 먹고 하얀 막대만 손가락으로 잡은 채 노을이 물었다. 손에 든 게 나를 위협하는 게 아닌데도, 그 질문이 꽤 날카로웠다.

"굳이 모나게 살 필요는 없으니까."

나는 당당했다. 적어도 그렇게 생각했다. 하지만 말하는 내 목소리는 어딘가 비굴하게 들렸다.

"하긴, 나도 그랬지."

그 말에 노을을 쳐다봤다. 그녀의 시선은 어두운 밤하늘을 향해 있었다. 밤하늘에 뜬 초승달이 선명했고, 차가운 바람 냄새가 났다.

"나, 사고로 한쪽 눈이 안 보여."

어마무시한 말을 들은 것 같았다.

"미안."

"하하, 뭐가 미안해. 꼭 이런 거 말하면 사람들이 미안해하더라. 자기가 한 것도 아니면서."

노을이 호탕하게 웃었다.

"그래서 시신경이 손상됐어. 그때 생체 렌즈를 뺀 거야."

나는 당연히 노을이 제 의지로 생체 렌즈도 안경도 거부한 거라고 생각했다. 아니었다니. 나와는 상황이 달랐다. 곰곰이 생각하던 찰나 한 가지 의문이 들었다.

"하지만 렌즈는 두 눈에 있는 거잖아? 그러면 굳이 빼지 않아도……."

"그럴 것 같지?"

노을이 피식 웃었다. 문득 보이지 않는 눈동자가 어느 쪽일지 궁금해졌다.

"시신경 하나가 손상되어도 렌즈는 두 개 다 빼야 해. 그리고 이후 영원히 생체 렌즈를 낄 수 없어. 생체 렌즈는 뇌와 연결되어 있으니까."

일리 있는 말이었다. 인공지능이 작동할 수 있도록 모든 기억과 환경에 따른 판단은 그 사람의 생에 기반한다. 그러려면 막대한 빅데이터가 필요할 테고, 그에 따른 알고리즘도 무궁무진하게 뻗어나갈 것이다. 그리고 그중 확률적으로 가장 명확하고 옳은 방향으로 선택지를 제시한다.

머나먼 과거의 일을 회상하듯 노을이 말했다.

"자동차 사고였어. 뒤집어진 차 안에서 겨우 몸을 일으켰을 때 똑똑히 기억하는 게 있어. 선택지가 떴거든."

진중하고도 깊은 눈매 때문일까, 자기 얘기면서도 남의 일화를 얘기하는 듯한 익살스러운 표정 때문일까. 다음으로 나올 말에 나도 모르게 긴장감이 들었다.

노을은 주먹 쥔 손에서 검지를 하나 내 눈앞에 들고 말했다.

"일, 다리를 잃는다."

그리고 그 상태에서 중지를 들어 올렸다.

"이, 눈을 잃는다."

내 눈은 채 깜빡이지 못하고 노을만 뚫어져라 바라봤다. 어느 것 하나 선택할 수 없는 선택지였다. 선택지는 내 인생에 가장 좋은 결과만 가져다주도록 설정된 것 아니었나?

"어떻게 했어?"

"어쩌긴, 입만 뻥긋거리다 선택 시간을 놓쳤지. 그리고 내 몸이 움직였어."

당시 선택지를 고르지 않은 노을의 몸은 저절로 움직였다. 허벅지에 필사적인 힘이 들어가 발부터 빼냈다. 허벅지가 쓸리며 긴 자상을 냈다. 아픈데도 몸은 사정없이 움직였다. 그리고 발을 빼고 몸을 웅크린 순간, 자동차의 앞부분이 폭발했다. 노을의 기억은 거기까지였다.

노을은 담담하게 이야기를 끝냈다. 잠시 주위에 침묵이 내려앉았다.

"선택지는 데이터 수집을 위해 뇌와 연결되어 있어. 그렇다면 거꾸로 뇌를 조종할 수 있는 거 아닌가?"

나는 어느새 자리에서 일어선 노을을 올려다봤다.

떠오르는 기억이 있었다. 안경이 부서지기 전, 피한다고 선택했을 때는 이미 늦었다. 남자의 주먹이 눈앞에 있었으니까. 하지만 나는 피했다. 지금 생각하면 몸이 저절로 움직인 거나 마찬가지였다.

"너는 그런 적 없어?"

노을이 나를 내려다봤다. 그녀의 눈동자 중 하나는 나를 보고 있지 않을 테지만, 나는 두 눈동자가 나를 꿰뚫어 본다고 느꼈다.

✱

　편의점에 며칠째 민우 형이 나오지 않았다. 연락도 닿지 않아서 내가 대타를 뛰고 있었다. 더 이상 안 되겠다 싶어 점장한테 얘기했을 때 돌아온 대답은 내 예상을 한참 벗어났다.

　"얼마 전에 들었어. 사고였다는데……. 안타깝더라고."

　점장은 한숨을 푹 내쉬었다.

　"그래서 말인데, 사이트에 모집 글 올려놨으니 한 이 주, 아니 일주일만이라도 더 해주면 안 될까?"

　민우 형이 죽었다. 내가 마지막으로 본 그날 밤에.

　급하게 뛰쳐나가던 민우 형의 뒷모습이 떠올랐다. 서글서글하고 알바 첫날부터 친근하게 대해오던 사람이지만, 친했냐고 물어보면 대답하기 애매한 관계였다. 내가 아는 건 민우 형이 체육특기생 준비 중이라는 것뿐이었다. 핸드폰 번호도, 학교도, 어디 사는지도 몰랐다. 그냥 같이 일하는 형.

　하지만 그가 마지막으로 본 사람이 나였다. 그는 그날 어디를 그렇게 급하게 뛰어간 걸까? 내가 그의 부탁을 거절했더라면 죽지 않았을 수도 있는 걸까?

왜인지 그 순간, 노을의 말이 머릿속을 맴돌았다.

'선택지는 데이터 수집을 위해 뇌와 연결되어 있어. 그렇다면 거꾸로 뇌를 조종할 수 있는 거 아닌가?'

선택지가 틀릴 수도 있다.

그게 나의 생각이 꼬리를 물고 도착한 도달점이었다.

부모님은 내가 기억하는 한 사이가 좋았던 적이 없었다.

중학교 2학년 겨울이었다. 부모님의 싸움이 끝나기를 숨죽여 지켜보다 보면, 싸움의 강도를 가늠해볼 수 있는 특별한 능력이 생긴다. 나는 그런 면에서는 이미 통달한 사람이었는데도 그날의 분위기는 뭔가 달랐다.

평소처럼 헤드폰의 노이즈캔슬링 강도를 100으로 두고 방에서 공부하는 중이었다.

하지만 말이 그렇지 공부에는 전혀 집중하지 못했다. 바깥에서 들리는 부모님의 말소리가 헤드폰을 비집고 진동을 내며 파고들었다.

필기구를 책상에 집어 던지듯 놓으며 일어섰다. 나름 소심한 반항이었다. 아마 들리지도 않았겠지만.

내가 할 수 있는 가장 큰 소리로 쿵쿵거리며 방문으로 향했다. 뭔가 이상했다. 문을 열러 몇 걸음 걸어오는 동안 헤드폰을 벗었는데도 부모님이 싸우는 소리가 들리지 않았다.

방문을 조심히 열었을 때, 나는 황당한 얼굴로 서로를 마주 보고 있는 부모님을 볼 수 있었다.

흐트러지고 정리되지 않은 거실의 공기가 무겁게 가라앉았다.

"진심이야?"

"뭐, 나만 떴어? 아니잖아!"

"네가 원해서 그런 거 아냐?"

"뭐라고?"

부모님은 서로를 노려보았다. 그때는 그들이 하는 말을 이해하지 못했다. 시간이 좀 더 지나고 부모님이 이혼 절차를 밟으며 세부적인 사항을 알게 됐다. 그때 거실에 있던 부모님의 시야에 '이혼한다'는 선택지가 떴다는 것. 합의이혼의 조건으로 나를 엄마가 데려가는 것까지 모두 선택지에 나와 있었다는 것을.

사람들은 선택지가 더 나은 삶을 사는 데 도움을 준다고 믿었다. 그건 나의 부모님이라 해서 다르지 않았다.

하지만 내 인생은 부모님의 인생에 영향을 주지 못하는 걸까.

당시에 떠오른 생각과 감각을 정확히 설명하기 어려웠다. 하지만 그때 이후로 나는 선택지를 고르며 매번 다른 선택에 대해 생각했다. 그렇게 달라졌더라면 어떻게 되었을까, 하고. 차라리 선택지 따위 주지 말고 갈 길을 알려주면 좋을 텐데, 하고.

*

왜 자꾸 피해? 이틀 남았어. 연락해.

메신저를 보는 순간 숨이 턱 막혔다. 몇 번 전화를 피했더니 돌아오는 게 이거였다. 선택지에 대한 신뢰도도 떨어지는 마당에 민영의 선택지가 내 머릿속에 있을 리 없었다.

그때 다시 한번 핸드폰에서 알림이 울렸다. 민영이겠거니 쳐다본 화면에는 다른 알림이 와 있었다.

이민우 님, 일주일간 동기화가 되지 않고 있어요. 동기화 연결이 끊어졌는지 확인해주세요!

그걸 보는 순간 아까와 달리 심장이 덜컹 내려앉았다.

민우 형에게 갈 알림이 왜 나한테 온 거지. 잠시 고민했지만 누르지 않을 수 없었다. 알림을 누르자 클라우드 앱으로 연결되었다.

따로 로그인할 필요도 없이 앱이 열리고 메인 화면이 떴다. 날짜별 영상파일이 수십 개 쌓여 있었다.

민우 형과 마지막으로 만났던 날, 그가 내 핸드폰을 빌려 갔었다. 통화만 한 줄 알았는데. 내가 쓰지도 않는 클라우드 앱에 민우 형 계정으로 로그인되어 있을 이유가 없었다. 그리고 그날 민우 형은 죽었다. 이 정보들이 민우 형의 죽음과 관련이 있을까?

머릿속이 복잡해졌다. 하지만 그와 별개로 나는 착실하게 영상파일을 눈에 담고 있었다.

최신순으로 나열하자 영상파일은 삼 주 전, 그러니까 민우 형이 죽은 날에 멈춰 있었다.

"……."

목울대를 따라 침이 꿀꺽 넘어갔다. 이 영상이 뭘까? 봐도 되는 것일까?

민우 형은 사고로 죽었다고 들었다. 그렇다면 이 안에 민우 형의 마지막이 담겨 있을 수도 있는 걸까?

'몸이 저절로 움직였어.'

노을의 찬바람 섞인 목소리가 울려 퍼지는 것 같았다.

덜덜 떨리는 손가락으로 재생을 눌렀다. 사실은 별거 아닐지도 모른다. 별거 아니기를 바랐다.

하지만 그 영상은 내 예상을 모두 비켜 갔다.

＊

민우 형은 IT 학과에 다니는 동아리 친구의 졸업 프로젝트 참가 대상이 되었다. 생체 렌즈 동기화를 진행하는 프로젝트 같았다. 화면 속 영상이 곧 민우 형의 시선인 셈이었다.

"이거 괜찮은 거야? 사생활 보호가 전혀 안 되는데?"

웃음기 섞인 민우 형의 목소리. 그의 시선에 보이는 안경 쓴 남자가 의기양양하게 말했다.

"어차피 네 드라이브에 저장되니까 알아서 잘 지워놔. 난 필요한 것만 제출하면 되니까."

"오케이, 수당이나 잘 챙겨주셔."

그게 삼 개월 전이었다. 이후로 간간이 저장된 파일들. 자동 동기화가 되는 와중 그가 몇 개는 지운 것 같았다. 나는 민우 형이 내게 대타를 부탁한 날의 영상을 재생했다.

민우 형은 그날 대학교 부속고등학교 옥상으로 향했다. 저녁부터 비가 왔다. 안경이 부서진 날이라 똑똑히 기억하고 있었다.

다급하게 달리느라 이리저리 흔들리는 화면이 어지러웠다. 민우 형의 숨소리가 가빠졌다.

그가 옥상에 도착했을 때, 거기에 있던 모두의 시선이 그에게 향했다. 교복 입은 무리. 그 사이에 보이는 한 명의 남학생. 얼굴은 이미 부어 있었고 교복은 잔뜩 구겨진 채였다. 그를 향하는 민우 형의 시선을 따라 화면이 움직였다. 동공이 심하게 떨리는 것 같았다.

"형……."

그제야 상황을 파악한 무리는 태세를 바꿔 민우 형에게 달려들었다. 잔뜩 흔들리는 화면이 그 당시의 긴박함을 보여주었다.

민우 형의 동생은 싸우는 그를 말렸다. 민우 형은 체육 특기생이었다. 패싸움에 휘말리는 게 결코 좋을 리 없었다.

그래도 민우 형은 아직 제 동생 또래의 어린 학생들을 크게 다치게 할 생각은 없었을 것이다. 아무리 화가 났어도 숨을 고르게 내쉬며 침착을 유지하려는 게 화면 너머로도 느껴졌다. 너무 화가 나지만 울면서 말리는 동생의 행동에 주춤한 것도 그 때문이겠지.

하지만 녀석들은 도를 넘었다. 그중 한 놈이 칼을 꺼내
들었다.

민우 형은 당황했다. 하지만 그보다 더 당황스러운 건
그 순간에 나온 선택지였다.

앞으로의 공격에 대해

1. 피하면서 다리를 접질린다. (전치 2주)

2. 피하지 않고 공격한다. (상해 2주)

"뭐야?"

남의 선택지를 본 것은 나도 처음이었다. 민우 형의 떨
리는 음색이 바로 귓가에 들리는 듯한 착각이 일었다.

"왜 이래? 고장 난 거야?"

나라도 저런 선택지를 본다면 그런 생각이 들었을 거다.
어떤 선택지라도 민우 형에게 '옳은' 것은 없는 것처럼 보
였다. 그가 대회 준비 중이었다는 사실이 떠올랐다.

날카로운 칼이 옥상에 쌓인 물웅덩이 위로 반사되어 빛
났다. 한 발자국 다가가면 한 발자국 물러나는 민우 형을
보며, 상대방은 우위를 잡았다는 투로 웃었다.

그러다 상대방이 달려오기 시작했다. 민우 형은 아직 선택하지 못했다. 어엇, 하는 찰나 그의 몸이 옆으로 훅 넘어갔다.

"이, 이게 무슨⋯⋯."

혼잣말하는 민우 형을 보고 상대방은 비웃었지만 나는 알 수 있었다.

민우 형의 몸이 저절로 움직인 것이다.

그 뒤로는 상대방이 공격할 때마다 민우 형의 몸이 알아서 공격을 피했다. 몇 번 반복되자 당황해서 떨리는 형의 숨소리가 그 시점의 두려움을 알 수 있게 했다. 반면 상대방은 미꾸라지처럼 피하는 그의 얼굴을 보며 어이없어하다가, 나중에는 오기로 덤벼들었다.

"다, 다리⋯⋯."

민우 형은 중얼거리며 자꾸만 다리 쪽을 살폈다. 나도 그가 이해되었다. 몸이 저절로 움직였다는 건 암묵적으로 1번을 선택한 거나 다름없었다. 피하고 다리를 접질린다. 아직까지 멀쩡한 그의 다리는 필연적으로 접질리게 될 것이었다.

"아오, 왜 자꾸 피해!"

"그게⋯⋯ 내 맘대로 안 되거든."

"뭐라는 거야?"

"형!"

그때 민우 형의 동생이 그를 불렀다. 뒤에서 다른 놈이 그를 공격하려 했다는 사실은, 그늘진 등 뒤를 인지한 그가 다시금 초인적으로 공격을 피한 덕분에 알 수 있었다. 그리고 칼을 들고 있던 한 놈이 그 순간을 놓치지 않았다.

"윽!"

그는 이번에도 피했다. 하지만 둔탁한 소리가 들리고 민우 형의 시야가 일그러졌다. 그리고 다음 순간, 민우 형의 시야로 비가 쏟아지는 하늘이 빠르게 멀어지는 게 보였다.

"안 돼!"

나도 모르게 눈을 감아버렸다. 퍼억. 동생의 날카롭고 처절한 울음 섞인 비명. 민우 형의 시야는 어룽거리며 바닥을 비췄다.

쿨럭, 쿨럭. 두어 번 정도 크게 기침을 한 그의 숨소리가 옅어졌다. 나는 숨도 쉴 수 없었다. 민우 형이 정말로 죽었다는 사실이 그제야 실감 났다.

속이 쓰리고 아파서 더 이상 영상을 볼 수가 없었다. 영상을 끄려는데 흐려지는 그의 시야 너머로 투명한 안내가 떴다.

화질이 선명하지 않아 나는 영상을 일시정지 하고, 일부를 확대했다.

선택지 강제 반영. 다리 부상 확률 87% → 사고사 확률 99%로 격상

연쇄적인 방안 중 가장 적절한 알고리즘을 선택해 진행했으나 급격한 위험률 상승 파악. 차후 '피한다'는 선택지 반영 시 주변 환경에 대한 구조물까지 확인하도록 알고리즘에 반영. 오차범위 ±12% 수정.

귀하의 소중한 데이터 감사합니다.

그게 영상의 마지막이었다.

나는 무작정 학교로 향했다. 노을을 만나야 했다. 같은 과니까 수업이 있다면 이 근처에 있지 않을까 싶었다. 무작정 달리기 시작했으나 노을이 어디 있는지, 만나기 위해 어디로 가야 할지 몰랐다.

이럴 줄 알았으면 번호라도 받아둘 걸 그랬다고 후회하던 그때 누군가가 나를 불렀다.

"희준아."

민영이었다. 달려오느라 숨이 찼다. 그녀를 보자마자 갈증이 몰려들었다. 민영은 마땅찮은 표정으로 나를 바라보며 물었다.

"오늘 공강 아니었어?"

나는 다급하게 물었다.

"혹시 채노을 봤어?"

같은 과면 수업이 겹치는 경우가 많으니 노을을 봤을지도 모른다. 하지만 내 말에 민영의 얼굴이 어색하게 구겨졌다.

"채노을? 채노을은 왜 찾는데?"

"혹시 봤어?"

"야, 안희준."

민영이 낮고 차갑게 나를 불렀다. 그제야 무언가 잘못됐음을 느꼈다. 그녀가 내게 바라던 대답이 있었다. 그리고 나는 그 대답을 해줄 수 없었다.

"민영아, 미안해."

"뭐가?"

입이 바짝 말랐다. 그 순간 선택지에 뭐라도 뜨기를 바랐다. 그런 내가 싫었다.

"미안, 헤어지자."

민영이 내 뺨을 짝 소리가 나게 세게 쳤다. 뺨이 아프다기보다는 소리가 커서 놀랐다. 분이 풀리지 않는지 씩씩거리는 숨소리가 이어서 귓가에 꽂혔다.

더 이상 아무런 할 말이 없는 나는 그대로 서 있었다. 나쁜 새끼. 그 말을 끝으로 민영의 발걸음이 멀어졌다. 구두소리가 아득해질 때까지 차마 그쪽을 바라볼 수 없었다.

민영의 말이 맞았다. 나는 민영의 프러포즈를 제대로 마주할 생각도 없었다. 그저 흘러가는 대로, 선택지가 시키는 대로 살아왔을 뿐이었다.

그때 누군가 휘파람을 불었다.

"와우."

고개를 들자 언제부터였는지 노을이 내 눈앞에 있었다. 그 모습을 보자 다릿심이 풀려 나도 모르게 그 자리에 주저앉았다.

"괜찮아?"

"네 말이 맞았어. 생체 렌즈 알고리즘은 잘못됐어. 선택지는 우리를 조종해. 나는 그냥, 그게 맞다고 생각하고 살았는데……."

나는 두서없이 말했고, 노을의 손이 내 어깨 부근에 닿자 고개를 들었다.

"이제 어떻게 해야 해?"

나는 무슨 얼굴로 그녀를 보았을까. 노을의 진중한 눈동자가 나를 향했다. 저번보다 짧아진 앞머리 사이로 나를 바라본다.

"나 왜 찾았어?"

"네가 이상한 사이비에 속해 있다고 들었는데……."

목소리가 잠겼다. 내가 들은 말은 그것뿐이었다. 노을이 속한 사이비 종교. 그곳이라면 이 갈증을 해소해줄 수 있지 않을까.

노을이 되물었다.

"그런데?"

"거기 나도 끼워줄래?"

노을이 자리에서 일어섰다. 길어지는 노을의 그림자를, 머리를, 시야를 보며 내 목도 덩달아 위로 올라갔다.

"뭔 줄 알고 들어오겠대?"

"너는 왠지 선택지의 진실을 알 것 같아서."

노을이 쓰게 웃었다. 눈썹이 아래로 내려가며 나를 보는 얼굴에, 아주 쓴 사탕을 삼킨 것 같은 아련함이 잔향으로 남았다.

"그럴 리가, 그런 건 나도 몰라. 다만……."

노을은 나를 빤히 보았다. 이제야 나를 제대로 봐준다는 느낌이 들었다.

"안희준."

노을이 내 이름을 불렀다. 알고 있었구나.

"목 아프겠다. 일어나."

노을이 손을 내밀었다. 나는 잠시 멈칫하다 그 손을 잡았다. 아주 차거나 뜨거울 것 같던 노을의 손은 햇볕에 잘 말린 이불처럼 보송하고 따스했다.

"사이비 아니야, 동아리지. 우리는 선택지를 분석해."

"분석?"

"선택은 그 사람이 알아서 결정하는 거야, 선택지를 보고 고르는 게 아니라. 우리는 그렇게 생각해. 어때, 괜찮겠어?"

노을은 선택지가 없는 삶도 괜찮냐고 묻고 있었다. 솔직히 무서웠다. 하지만 나는 렌즈 너머 알고리즘의 실체를 봐버리고 말았다. 그것이 실체라고 할 수 있을까? 내 인생을 맡긴 알고리즘에 대해, 나는 제대로 알고 있는 게 없었다.

다만 민우 형이 마지막으로 본 것이 그런 선택지여서는 안 됐다. 그저 오차범위에 형의 죽음이 이용되고 끝나서는 안 됐다.

나는 천천히, 하지만 확실하게 고개를 끄덕였다. 차분하게 나를 기다려준 노을이 이내 웃었다.

"줄 게 있어. 알고리즘에 관해 알아낸 거야."

백업해둔 민우 형의 영상이 내 주머니 안에 있었다.

"환영해."

이다음에 펼쳐질 세상은 어떤 것일지 나는 알 수 없었다. 적어도 지금까지와는 전혀 다를 것이다. 하지만 그건 안경 너머의 진짜 세상을 마주하기 위한 한 걸음이었다.

노을의 등 뒤로 발간 노을이 지고 있었다. 해가 지고 있지만 어쩐지 시작에 가깝다고, 나는 생각했다.

1나노그램만큼 사랑해

강 지 영

☑ 혼자 있는 게 편하다.

☑ 책임과 속박이 싫다.

☑ 관계에 구속되는 것도 새로운 사람과 일에
　도전하는 것도 두렵다.

☑ 내가 이런 사람이라는 걸 모두에게 숨기고 싶다.

☑ 세상 밖으로 나가고 싶지 않다.

☑ 친밀감과 신뢰가 어렵다.

☑ 타인을 믿지 않는다.

전부 내 얘기였다. 항목에 하나씩 점수를 매기고 결과를
기다렸다. 짧은 게임 광고를 기다리고 나니 결과가 나왔다.

회피형 인간 98점

세상이 두려운 당신은 스스로 행복을 찾아야 해요.

테스트 결과지에는 초록색 트레이닝복을 입은 남자가 이불 속에서 눈만 빼꼼 내밀고 있었다. 테스트 누적 참가자는 백만 명이 넘었다. 댓글들을 보니 90점 이상 고득점자가 수십만 명이었다.

↳ 이번 생은 망했네.

↳ 그러게 누가 낳아달래? 난 낳음 당한 거야.

↳ 내 전 남친에 대입해보니 100점 나옴.

↳ 회피형 인간이랑 엮이지 마라. 사이코패스보다 이기적이야.

↳ 그냥 죽을까.

↳ 나 회피형 인간이었네, 알고는 있었지만.

댓글을 보고 깨달았다. 저렇게 많은 사람이 회피형 인간이라면 내가 그렇게 특별한 찌질이는 아니라는 사실을 말이다. 정신병도 아니고 태어나 보니 이런 기질이라는데 어쩌란 말인가. 눈먼 자들의 도시에 살면서 가장 위험한 사람은 눈 뜬 자였다. 나는 회피형 인간 수십만 명의 얼굴이 나와 닮았을 거라 생각했다. 아니, 테스트에 참여하지 않은 수백만 명도 오늘 몸서리치며 하루를 시작하겠지. 그래도 살아야 한다는 사실에 실망하겠지.

내 동지들은 지금쯤 학교나 직장으로 출근 중일 터였다. 나도 뭔가를 해야 했다. 깨어난 채 한 시간을 침대에서 뒹굴었으니 엄마의 인내심도 지금쯤 바닥났을 터였다. 나는 핸드폰을 내려놓고 잠옷을 벗었다. 한구석에 놓인 체중계에 올랐다. 어제보다 200그램이 늘었다. 믿기지 않아 세 번을 다시 쟀지만 숫자는 변하지 않았다. 분명 감량했다고 생각했다. 새벽에 먹은 푸룬주스 덕에 오랜만에 아랫배가 가뿐했고, 팬티 자국도 희미해 보였으니까. 어쩌면 지방이 아니라 부기 때문일지도 몰랐다. 어제 식사에 곁들인 버터가 가염인지 무염인지 기억나지 않았다. 내 계획대로라면 오늘쯤 59.6킬로그램이어야 했다. 그런데 아무리 자세를 고치고 다시 재봐도 체중계는 냉정하게 60킬로그램을 나타냈다. 회피하고 싶은 숫자였다.

간과한 게 있었다. 오늘의 나는 어제보다 손톱과 발톱이 자랐고, 머리카락과 각질도 늘었을 터였다. 허리까지 닿는 머리는 숱이 많아 최소한 500그램은 될 거고 인간 몸에 사는 미생물 백조 마리가 2킬로그램이라고 들었다. 때까지

뽀득뽀득 밀어내면 증량이 아니라 유지 수준일지도. 논문이라도 한 편 쓸 만큼 변명거리가 늘어났지만, 나는 규칙대로 군말 없이 메시지로 체중계 사진을 엄마에게 보냈다. 회피형 인간이 가장 혐오하는 일은 자신을 규격화하는 대상과 마주치는 순간일 터였다.

엄마는 지난 오 개월간 내 공복 체중을 확인하고 마치 약을 조제하듯 식사량을 조절했다. 이 정도 몸무게면 베이글 반쪽에 크림치즈 한 숟가락, 드레싱 없는 샐러드밖에 먹을 게 없었다. 주린 배에서 우렁찬 복명이 나왔다. 밥때가 다 됐는데 엄마는 답장이 없었다. 한 소리 들을 각오로 주섬주섬 옷을 갈아입고 거실로 나왔다. 안방에서 수런수런 엄마의 목소리가 들렸다.

"글래드? 뭐 하러 거기 묵어, 우리 집으로 오라니까. 애, 너 올 줄 알고 새로 베딩 하고 장 봐놨어. 나 좀 서운하려고 그런다. 아냐, 안 되면 내가 가야지. 너 오기를 얼마나 기다렸다고. 집에서 와인 하나 가져갈게. 넌 무슨 안동소주 타령이니."

엄마는 남색 플리츠 원피스를 입고 짙게 화장했다. 에어랩으로 풍성하게 컬을 만든 중단발이 우아해 보였다.

"지금 출발할 테니까 같이 룸 컨디션 확인하자. 우리 은규가 운전해준대. 효림이? 데려가야지. 근데 하도 오래돼서 너 기억도 못 할 거야. 걔 초등학교 2학년 때 너 미국 갔잖아."

엄마가 화장대 거울로 나를 발견했다. 그녀는 이따 봐, 라며 통화를 끊고 드레스 룸으로 종종걸음 쳤다.

"너 씻고 내추럴하게 화장해. 어째 얼굴이 부은 거 같다."

엄마는 회피형 인간과 정확히 대척점에 놓인 관심 병자였다. 어디서든 주목받고 싶어 하고, 인정받고 싶어 하고, 부러움과 칭찬을 갈구했다.

"나 생리통이 너무 심해. 약 먹었는데 효과 하나도 없어."

생리까지 아직 삼 일이 남았지만 얼굴도 모르는 누군가를 만나러 나가고 싶지 않았다.

"딱 내가 예상한 대답이네. 너 이 핑계 저 핑계 대면서 외출 안 한 지 한 삼 개월은 되지 않았어?"

엄마가 눈 화장으로 강조한 까만 눈매를 곤두세웠다.

"진짜 아파. 허리는 끊어질 거 같고 밑이 빠지는 기분이야."

엄마는 핸드백 진열장 안에서 켈리백을 꺼내고, 구두 진열장을 열었다.

"덱시부프로펜 300밀리그램 하나 먹어. 안 들으면 타이레놀 추가. 까만 로저 비비에는 왜 안 보일까. 차에 뒀나? 샤넬 스카프는 어디 처박아놨지?"

엄마의 허락이 떨어졌다. 이제야 산란했던 마음이 좀 놓였다.

"누구 만나는데?"

엄마는 마지못해 지미추 스틸레토 하이힐을 골랐다.

"김영지라고, 너 어려서 몇 번 본 이모야. 대학원생 때 미국 남자 만나 결혼하고 십이 년 만에 한국 왔어. 우리 집에 초대했는데 그년이 괘씸하게 호텔을 예약했다네. 한마디로 먹이는 거지."

우리 회피형 인간들만큼이나 엄마 같은 관심 병자 무리도 머릿수가 많았다. 그녀는 겉과 속이 다른 사람이었다. 의류 도매업으로 시작해 온라인쇼핑몰, 독자 브랜드를 만들기까지 엄마가 맺은 인맥은 대개 적이자 친구였다. 완전한 적도 그렇다고 완전한 친구도 없는 엄마는 최후의 순간에 유일하게 남는 관계란 가족뿐이라고 누누이 말했다.

"그런 사람을 뭐 하러 만나."

나로서는 이해할 수 없는 감정이었다.

"네 아빠랑 갈라서고 사업도 꼬라박았을 때 영지가 페이스북 메시지로 그러더라. 정하야, 힘들면 미국 들어와. 우리 집에 방 많아. 그거 보고 생각했지. 내가 이년보다는 잘 살아야겠다."

엄마는 드레스 룸 바닥에 손을 넣고 한참 더듬다 와인 상자 하나를 끄집어냈다.

"그래서 잘사는 거 증명하려고?"

엄마는 대답 대신 스킨 필러로 매끈한 이마를 억지스레 구겼다.

"효림아, 그건 당연한 거야. 받은 만큼 돌려줘야지. 한번은 내가 영지한테 영어 이름 하나 지어달라고 부탁한 적이 있어. 걔가 대뜸 티파니가 어떠냐는 거야. 기막히지? 의도가 너무 투명하잖아. 내가 싸구려 티셔츠 판다고 티파니라 지은 거 모를까 봐? 티 팔아서 얼마나 잘 먹고 잘사는지 보여줘야지."

밖에서는 호인 행세 했지만 엄마의 가슴속에는 늘 잘 벼린 칼 한 자루가 담겨 있었다. 천성을 바꿀 수는 없었다. 그저 칼끝이 내게로 조준되지 않기만을 바랄 뿐이었다. 이번에도 다이어트에 실패하면 엄마가 던진 비수에 심장이 터져 죽을지도 몰랐다.

엄마는 동생 은규에게 전화를 걸며 현관으로 향했다. 은 규는 전역 후 복학을 기다리며 학교 앞 원룸에 살았다. 그 가 매월 백오십만 원의 월세를 치를 수 있는 건 엄마의 운 전기사로 기어들어 갔기 때문이다. 꼬리를 내리면 간식이 생긴다는 걸 은규는 일찌감치 깨달았다.

"엄마 내일이나 모레 들어올 거야. 영지 이모 관광도 시 켜주고 사무실도 보여주고 식사도 대접할 거거든. 은규는 왜 전화를 안 받아?"

엄마의 인내심이 바닥날 즈음 은규가 전화를 받았다.

"예, 엄마."

그의 이마에 식은땀이 맺혔을 터였다.

"탁효림."

엄마가 핸드폰을 내리고 내 이름을 불렀다. 집을 나설 때, 통화를 끊을 때, 식사를 마칠 때 나와 은규는 반드시 사 랑한다고 말해야 엄마 곁을 떠날 수 있었다. 어떤 상황에서 도 예외는 없었다. 술 취한 엄마에게 따귀를 얻어맞은 날도 나는 벌벌 떨며 사랑한다 말한 적이 있었다. 회피할 수 없 는 이 상황을 넘기려면 엄마가 원하는 대답을 들려주어야 했다.

"다녀와, 사랑해."

엄마가 만족스러운 표정으로 현관문을 나섰다.

기왕 현관까지 나온 김에 전신 거울 앞에 섰다. 엄마와 달리 동그란 얼굴에 동그란 눈과 코 그리고 작은 입술을 가진 흔해빠진 이십 대가 레깅스와 티셔츠 차림으로 뚱하게 서 있었다. 마음에 드는 곳이 한 군데도 없었다. 어제보다 턱살이 도드라졌고 목도 짧아진 것 같았다. 무엇보다 불룩한 배와 거대한 허벅지가 문제였다. 얼마를 더 빼야 다이어트에 성공했다고 말할 수 있을까. 정말 날씬해지면 사람들의 눈길과 거리 곳곳의 쇼윈도를 회피하지 않고 바라볼 수 있을까. 그때 중고 거래 앱 채팅 알림이 울렸다.

로저 비비에 진품일까요? 인보이스 갖고 계세요?

✳

베이글을 반으로 갈라 한쪽만 오븐에 구웠다. 코스트코 블루베리 베이글. 미니 로메인과 버터헤드, 파프리카와 가지가 보였다. 100그램당 15칼로리도 되지 않는 풀떼기지만 헛배만 부르고 소화가 잘되지 않았다. 이럴 때는 뇌를 속여야 했다. 계속 오물오물 씹는 척하면 먹지도 않은 음식이 위장으로 내려왔다고 뇌가 인지한다고 했다. 나는 포테이토피자를 상상하며 느리게 씹는 시늉을 했다. 고소한 치즈와 부드러운 감자, 짭짤한 베이컨이 이 사이에서 부서진다. 새콤한 토마토소스와 쫄깃한 빵은 아무리 먹어도 질리지 않을 것 같았다. 그런데 이번에는 뇌가 속지 않았다. 외려 구체적인 상상 탓에 식욕이 돌았다. 하긴 내가 지어낸 거짓말에 내가 속는다는 게 애당초 말이 되지 않았다.

엄마도 없는데 굳이 샐러드를 먹어야 하나 고민하다가 냉장고 채소 칸을 열었다. 자몽, 골드키위, 체리, 완숙 아보카도가 들어 있었다. 베이글만 먹긴 퍽퍽하니 자몽을 꺼내 과도로 껍질을 벗겨냈다. 따끈한 베이글에 마담로익 크림치즈를 펴 발라 한입 베어 무니 주린 배로 잠든 보람을 느꼈다. 이거지.

자몽까지 먹어치우니 적당히 배가 불렀다. 식단 관리 앱에 식단을 입력하자 25그램의 단백질이 부족하다는 메시지가 보였다. 단백질을 채워 넣지 않으면 근손실이 따를 터였다. 보디라인이 돋보이려면 근육 유지는 필수였다.

나는 중고 거래 앱으로 들어가 영수증을 요구하는 사람에게 답장을 썼다.

매너온도 확인하고 다시 문의하세요.

매너온도가 50도를 넘어가는 판매자한테 진품 문의를 한다는 게 우스웠다. 저것도 회피형의 특징이다. 사람은 못 믿는데 겁은 많고, 별다른 안전장치가 없을 때는 객관적 근거가 눈에 잘 들어오지 않는다.

고기가 있는 김치냉장고를 열었다. 손님 맞을 준비로 식재료가 가득했다. 딥 스킨 생연어, 스테이크용 등심과 안심, 자숙 새우, 메로 필렛이 칸칸이 정리 되어 있었다. 딱 손바닥 하나만큼의 단백질이 필요한데 적당한 사이즈가 없었다. 손님 접대가 취소되었으니 상하기 쉬운 연어를 해치우는 게 가장 합리적이라는 생각이 들었다. 연어가 든 비닐 팩을 뜯어 도마로 옮겼다. 한 토막을 잘라 주방 저울에 올리고 보니 82그램이었다. 너무 작나 싶어 한 토막을 추가했더니 이번에 265그램이나 됐다. 이미 손이 닿은 생선을 다시 포장할 수 없었다. 연어 회를 접시에 옮겨 식탁에 앉으려다 쳐다보는 눈도 없으니 서서 먹기로 했다. 석 점까지는 먹을 만했는데, 너무 느끼해서 고추냉이가 필요했다. 냉장고에서 초장 한 티스푼에 칼로리를 따지기도 하찮은 분량의 고추냉이를 섞었다. 남은 회 여덟 점이 술술 넘어갔다.

생각해보니 또 염분을 많이 섭취했다. 칼륨으로 나트륨을 배출해야 할 텐데, 가장 만만한 게 바나나 아니면 우유였다. 아무래도 단백질이 낫겠다는 생각이 들어 우유를 꺼냈다.

계량컵을 찾다 부엌 선반에서 바나나를 발견했다. 진한 갈색 점이 박힌 바나나가, 그것도 딱 한 개가 가련하게 말라비틀어지기 직전이었다. 계량컵에 우유 200밀리리터와 껍질을 벗긴 바나나를 넣고 포크로 으깼다. 익숙하고 달콤한, 그래서 위험한 향기에 입에 침이 고였다. 바나나우유를 한 모금 삼키자 첫 다이어트가 생각났다. 고등학교 1학년 여름방학이었다.

엄마가 일 나간 집에서 나와 은규는 적당히 배부르고 맛있는 음식을 개발했다. 우유에 미숫가루와 바나나를 넣고 블렌더로 갈아 마시는 간편식이었다. 배틀그라운드에 빠진 은규는 입까지 짧아 먹는 둥 마는 둥이었지만, 나는 하루에도 서너 번씩 블렌더를 돌렸다. 바나나 두 개에 우유 두 컵, 미숫가루 세 큰술에 꿀 한 숟가락을 넣고 갈아 유튜브를 보며 마시고, 슬라임을 주무르다가도 마셨다. 그러던 어느 날 아랫배가 간지럽기 시작했다. 아무리 긁어도 시원하지 않고 뻘건 손톱자국이 사라지지도 않았다. 피부병인가 싶어 욕실에서 옷을 벗고 가려운 부위를 거울로 유심히 바라봤다. 대지에 내리꽂힌 번개처럼, 팬티 라인 위로 빨갛게 살이 터 있었다. 튼살은 아랫배뿐 아니라 옆구리와 팔뚝에도 퍼져나갔다. 그제야 두툼하게 잡히는 뱃살과 꽉 붙은 허벅지가 눈에 들어왔다. 세탁 바구니에서 내가 즐겨 입던 청바지를 꺼내 살폈다. 마찰이 잦은 허벅지 안쪽이 나달나달했다. 키 158센티미터에 몸무게 67킬로그램이었다. 방학 전에 입었던 교복 치마가 잠기지 않았다. 블라우스를 걸쳐보니 브래지어에 눌린 살 때문에 표면이 올록볼록했다. 개학까지 남은 기간은 일주일이었다. 이 꼴로 같은 반 스물다섯 명의 눈빛을 감당할 자신이 없었다.

바나나셰이크를 끊었다. 하루 한 송이씩 사라지던 바나나와 우유가 줄지 않자 엄마는 의아해했다. 다이어트 식단이 필요했다.

"뭐, 한식 위주의 저칼로리 식단? 나 과로사하는 꼴 보고 싶어? 네가 지금 다이어트할 때냐고. 죄 5등급, 6등급 나온 1학기 성적 어쩔 거야? 윤석 아저씨 딸은 음악 하나 2등급 나오고 올 1등급이래. 티끌 하나 묻은 다이아라고 자랑하는데 나는 입도 벙끗 못 하겠더라. 너희가 나를 증명하는 건데, 내 결과물인데! 아들 새끼는 게임중독자고 딸년은 저능아라고 대답할까.”

　엄마의 테마는 주기적으로 변했다. 그 무렵 엄마가 내게 원한 건 남이 물었을 때 부끄럽지 않은 성적이었다. 학교도 가기 싫은 판에 공부까지 잘하라는 건 슬리퍼 신고 에베레스트산에 오르라는 말과 다르지 않았다. 엄마의 욕망을 자극한 사람이 누군지 알았다. 유통사 대표이자 엄마에게는 아내와 이혼 초읽기에 들어갔다고 이 년째 주장하는 윤석 아저씨였다. 나보다 두 살 어린 윤석 아저씨의 딸은 영어유치원을 졸업하고 사립초등학교를 나와 ‘대치동 황소수학’이라는 학원에 다니는 수재였다. 얼굴도 모르는 여자애가 나를 궁지로 내몬 거였다. 타고난 머리와 재력이 뒷받침해주니 가능한 성적이란 걸 엄마도 모를 리 없었다. 엄마는 내가 하고 싶은 걸 꺾어놓는 게 자신의 숙명이자 도리라고 여기는 것만 같았다.

　“내가 너 낳느라 의사 포기한 거 사람들한테 말하잖아? 기함을 해. 처음에는 다들 안 믿지. 그래서 95년도 연세대학교 의예과 합격증 보여주면 뭐라 그러게? 어머, 그럼 딸이 그 학교 들어가면 되겠네요. 그 좋은 머리가 어디 가겠냐고 벌써 합격증 받아놓은 거처럼 축하를 해. 내 속 문드러지는 줄도 모르고.”

엄마는 고3 겨울방학에 입덧을 느꼈다. 임신이었다. 겁이 나고 무서워서 의대 합격 통보를 받는 날이 되어서야 임신 테스트를 했단다. 입학이냐 출산이냐를 놓고 엄마와 동갑내기였던 아빠는 동전을 던졌다. 앞이 나오면 낙태와 입학, 뒤가 나오면 출산과 결혼이었다. 롯데리아 쟁반 위에 던진 오백 원짜리는 바짝 곤두서서 몇 바퀴 돌다 뒷면으로 자빠졌다.

아빠는 지방대 국문과에 합격했다. 그 탓에 엄마는 자취방에서 신혼살림을 시작하고, 군복무를 기다렸으며, 가난해서 짝 맞는 그릇 하나 없는 시집에 다달이 용돈까지 댔다고 했다. 그러다 내가 네 살, 은규가 두 살 되던 해에 생활력 없는 아빠를 떠나 장사를 시작했다. 어쩌면 내 회피성 기질도 아빠에게서 온 게 아닐까 싶었다.

고등학교 시절의 나는 영재 엄마의 희생으로 자란 배은 망덕한 저능아였다. 엄마의 악다구니를 차마 회피할 수 없었다. 입학 이튿날부터 대치동 청백학원에 등록했다. 집에서 학원까지는 지하철을 타고 오십 분 거리였다. 네 시간 수업을 하는 동안 배가 고프면 바나나우유가 떠올랐다. 너무 어지러워 지하철에서 쓰러진 다음부터는 물에 소금과 설탕을 반 숟가락씩 타 가방에 넣고 다녔다. 일주일 만에

4킬로그램을 감량했지만, 하루만 마음 풀고 간식을 주워 먹으면 2킬로그램이 증량하는 요술 몸뚱이었다.

나는 숨이 턱턱 막히는 순간마다 바나나우유가 떠올랐다. 엄마가 없는 조용한 오후, 동생의 요란한 키보드 소리를 들으며 내가 좋아하는 여행 유튜버의 영상을 틀어놓고 무한정 리필해 마시던 바나나우유는 서양인들이 말하는 닭고기 수프와 비슷했다. 내 영혼이 온전히 쉴 수 있는 그 시절 그 순간이 그리웠다. 혈당이 치솟아 나른해졌고, 긴장이 이완돼 평화로웠다. 공부와 허기에 지친 밤이면 내일 아침 누가 목에 칼을 대고 협박해도 바나나우유를 갈아 마시겠다고 다짐하며 잠들고는 했다. 물론 다음 날 체중계에 올라서면 마음이 달라졌지만.

내 체중과 성적이 요동치던 무렵, 뭐 때문인지는 몰라도 윤석 아저씨는 엄마와 관계를 정리했다. 엄마의 사업도 내리막길로 들어섰다. 은규는 핸드폰과 노트북도 가져갈 수 없는 기숙 고등학교에 입학했다. 눈앞의 골칫덩어리를 치워버리자 엄마의 테마도 바뀌었다.

"울어. 상대가 뭐라고 하든지 엄마 중환자실에 계시고 지금 많이 위독하다고, 죄송하다는 말만 해."

내 회피 성향이 증폭된 건 엄마 때문이었다. 갚아야 할 돈을 갚지 못할 때 엄마는 내게 자신이 극본을 쓰고 연출한 드라마의 한 장면을 연기하라고 강요했다. 그리고 마침내 '미성사 임미성'이라는 사람에게 전화가 오자 내게 핸드폰을 넘겼다. 생각보다 내게는 연기 재능이 있었다. 피할 수 없다면 즐겨야 한다는 엄마의 말도 힘이 되었다. 몇 분 헉 헉대며 울고 코 먹은 소리로 엄마를 찾자, 임미성은 조용히 전화를 끊었다.

"아니, 제 말씀은요. 사장님이 그 돈을 안 주시면 제가 교복 입고 편의점 나가서 바코드 찍어야 한다는 거예요. 그러니까 월세 낼 돈이 없다니까요? 무슨 말일까지 기다려요. 월세는 오늘 나가야 한다니까."

받아야 할 돈을 못 받으면 나는 억척스러운 고학생을 연기했다. 엄마는 '플러스패션아울렛 이신우 사장'이라는 사람을 바꿔줬다.

"죄송한데 저도 백방으로 알아보고 있어요. 오죽하면 실종 신고까지 했겠어요. 생명보험이라뇨. 그런 말씀 마세요. 제 소원은요, 어떤 모습이든 상관없으니 엄마가 살아 돌아오시기만 하는 거예요. 지금 자식 심정이 어떤지 아세요, 네?"

협력사들을 상대로 지금 회전이 막혔을 때는 버림받은

딸을 연기했다. 아무리 생각해도 회피했어야 했다. 어느 부모가 자식을 앞세워 거짓말을 시키냐고 화냈어야 했다. 그때 회피하지 못한 탓에 지금의 나는 세상 모든 자극이 두려운 사람이 됐다.

엄마는 내가 전화를 마칠 때마다 바나나우유를 갈아주었다. 너 좋아하는 거 한 잔 마셔.

그랬다. 내 목에 칼을 대는 사람은 엄마였고 그리도 그리워하던 바나나우유를 건넨 사람도 엄마였다. 녹진한 바나나우유는 죄책감과 흥분을 씻어주었다. 그러고 나면 입맛이 돌아 뭐든 맛있어졌다.

나는 그때마다 생각했다. 그냥 드라마 한 챕터를 지난 것뿐이야. 어차피 현실에서 만날 일 없는 사람들이잖아. 덕분에 우리는 무사하잖아.

바나나우유를 마신 뒤에는 나무 조각처럼 딱딱한 피자 테두리도 마요네즈를 찍으면 무한대로 넘어갔고, 기름이 번들거리는 시뻘건 양념치킨도 콜라 없이 먹을 수 있었다. 폭식은 몇 날 며칠 이어졌다. 먹다 질려서, 혹은 배가 부르지만 더 먹고 싶어서 목구멍에 손가락을 찔렀다. 변기 가득 제대로 소화되지 않은 빵과 고기가 둥둥 떠 있는 걸 본 다음에야 폭식증이 가라앉았다. 엄마는 내 연기 덕에 위기를 모면했지만 나는 새로운 위기에 처했다. 누군가 나를 알아볼 것만 같았다. 학교에 가면 뒤통수가 따끔거렸고, 집으로 오는 길에 내가 통화했음 직한 또래의 중년을 만나면 우뚝 얼어붙고는 했다. 그리고 그즈음 내 성적은 곤두박질쳤다.

＊

　보이지 않는 곳에서 은규도 썩어 들어가고 있었다. 그는 기숙 고등학교를 탈출해 천안과 대전, 통영과 해남으로 향하는 사 일 동안 줄곧 분식점에서 떡볶이를 시켜 먹었다. 어이없게도 엄마의 신용카드를 썼기 때문에 드러난 사실이었다. 강제로 게임을 끊은 은규는 새로운 도파민이 필요했다. 그래서 도벽을 갖게 됐다. 처음엔 지우개나 샤프였다가 어느 순간 명품 운동화와 지갑, 기숙학교를 탈출하기 전날에는 교사의 에어팟 맥스를 훔쳤다. 아니, 은규의 표현대로라면 빌렸다. 하지만 그걸 믿어주는 사람은 아무도 없었다. 은규의 기숙사 사물함에서 나온 물건의 가격은 경찰 추산 이백사십만 원에 달했다. 엄마가 호출되고 강제 전학을 직감한 은규는 장물 중 백팩과 운동화, 태블릿 단말기를 들고 터미널로 향했다. 엄마는 은규의 행로를 메시지로 확인했지만 카드를 정지시키지 않았다.

"정지를 왜 시켜? 내가 시킨 건데. 이걸로 서사 만들어야지. 얼마나 반성하는지 객관적 증거가 있어야 처벌 수위가 낮아지는 거 모르니? 봐, 떡볶이하우스에서 사천구백 원, 하루분식 오천 원, 밀밭식당 오천오백 원, 샤이니피시방 육천 원, 도레미만화카페 칠천 원. 하나하나 참회가 느껴지잖아. 피자, 치킨 사 먹으며 택시로 이동하고 번듯한 숙소에서 잘 수 있는데 그러지를 않는 거야. 제 동생 가출해서 하루도 다리 뻗고 잔 적 없습니다, 하고 네가 호소해야지."

은규는 예나 지금이나 엄마 말을 잘 들었다. 설령 그게 누가 봐도 파렴치한 행위일지라도 뒷감당은 연기력 좋은 누나가 전담해줄 걸 알고 있는 듯했다. 그 덕에 은규는 강제 전학 대신 지속적인 정신과 진료를 조건으로 교내 봉사 처분을 받았다.

"그게 왜 거짓말이라고 생각해? 보건행정학과 졸업하면 나중에 병원으로 취업 나가잖아. 의료인이 맞지. 그러게 누가 똥통 학교 쓰레기 학과 입학하래?"

엄마의 바람과 달리 나는 수도권 전문대학의 보건행정학과에 입학했다. 그것도 예비 합격 19번으로 운 좋게 턱걸이로 입학했다. 입학을 포기하고 싶었으나 고등학교도 겨우 졸업했으니 학점은행제로 학위를 따는 것도 나쁘지 않을 것 같았다. 굳이 사람들 앞에 나서서 주목받고 싶지 않았다. 조별 과제나 발표 같은 걸 척척 수행할 자신이 없었다. 하지만 엄마는 내게 상의 없이 덜컥 입학금을 내버렸다. 그러고는 내 대입 소식을 묻는 지인들에게 "흰 가운 입게 됐어. 어머, 난 애한테 큰 거 안 바라. 나중에 어디 아프면 그때나 덕 좀 보겠지. 공부가 얼마나 힘든지 애가 대꼬챙이가 됐네"라고 답했다. 이번만큼은 제대로 회피 좀 해보려던 내 계획이 무산되었다.

"내 말에 거짓이 있다면 네가 공부 힘들어 대꼬챙이처럼 말랐다는 거 하나밖에 없어. 그야 살 빼면 되는 거고."

엄마는 껍데기라도 정상 범주에 드는 딸을 원했다. 매일 체중을 재 엄마에게 보고하고 먹어야 할 음식량을 처방전처럼 받는 게 새로운 일상이 되었다. 잠이 오지 않는 밤이면 내일은 기필코 입에 칼을 물고 엄마에게 반항하겠다고 다짐했다. 그러나 눈처럼 소복이 쌓인 분노는 아침이 되기 전에 싱겁게 녹았다.

엄마의 테마는 다이어트가 되었다. 이번엔 나뿐만이 아니라 은규도 관리 대상이 되었다. 함께 근사한 몸을 만들어 보디 프로필을 찍자는 계획을 무섭도록 밀어붙였다. 그냥 증명사진도 찍기 싫은데 남들 앞에서 비키니를 입고 포즈까지 취해야 하는 미친 짓을 강요했다. 나는 늘 그렇듯 대답은 네네, 잘했다. 진짜 보디 프로필을 찍어야 하는 순간이 오면 그냥 자살해버리지 뭐, 하는 심정이었다.

나도 나지만 은규도 나름 근심이 깊었다. 비리비리한 체구의 은규는 소위 멸치라 부르는 깡마른 청년이었다. 엄마는 조만간 의상디자인과에 다니는 아들에게 사업을 물려주고 필리핀에서 골프나 치며 늙고 싶다고 떠들고 다녔다. 은규는 집 근처 피트니스센터에 등록했다. 새 모이만큼 먹고 사는 나와 달리 은규는 아침도 두 번에 걸쳐 먹었다. 운동 전에는 바나나와 뻑뻑한 통곡물 식빵으로 탄수화물을 욱여넣고 헬스를 마치고 돌아와서는 우유에 프로틴 파우더를 섞어 마셨다.

"누나도 나랑 센터 나가자. 내가 생리학 공부해보니까 절식해서 빠지는 무게는 다 근손실이야. 유산소, 무산소 둘 다 해야 엄마가 바라는 몸 만들 수 있을걸."

은규는 닭 가슴살과 찐 브로콜리, 삶은 달걀흰자를 산더미처럼 쌓아놓고 먹으며 내게 충고했다. 헬스를 시작한 지 두 달이 지나도록 은규의 스펙은 180센티미터에 62킬로그램이었다.

"너 보니까 딱히 믿음은 안 가네. 그렇게 먹고도 왜 살이 안 찌냐? 그냥 예전 나처럼 먹어."

바나나우유에 카스텔라 한 조각만 먹으면 소원이 없을 것 같다고 생각하며 나도 풋내 나게 찐 브로콜리를 깨작거렸다.

"누나가 갈아주던 미숫가루 바나나우유? 난 그때 좀 곤욕이었어. 단거 싫어하잖아."

은규는 구역질을 참아가며 간 없는 음식을 꾸역꾸역 삼켰다.

"난 그때가 제일 좋았는데. 확실히 너랑 나는 좀 달라. 부럽다, 야망형 인간."

입맛을 잃은 나는 남은 닭 가슴살과 브로콜리 접시를 들고 개수대로 향했다.

"버리지 마. 지켜보는 눈이 있어."

은규가 태연히 음식을 먹으며 내게 속삭였다.

"누가? 엄마 출장 갔잖아."

"벽시계 옆에 홈 캠 켜놨어. 엄마가 정해준 음식 남기거나 버리면 전화 올 거야. 난 몇 번 걸렸거든."

나는 부엌과 거실을 잇는 벽에 매달린 앤티크 벽시계를 바라봤다. 홈 캠이 새카만 더듬이처럼 부엌을 향해 움직였다. 갑자기 각도가 바뀐 걸 보면 엄마가 실시간으로 우리를 지켜보고 있다는 뜻이었다. 회피했다가는 무슨 꼴을 당할지 가늠할 수 없었다.

"엄마는 나랑 누나한테 벌주는 거야. 함부로 엄마 인생에 태어난 죄를 이번 생에 갚으라는 거지. 우리 체질로는 절대 가질 수 없는 몸을 어떻게든 가지라고 명령하는 게 괴롭힘 아니고 뭐겠어."

내가 접시를 개수대에 엎자 핸드폰이 진동했다. 엄마의 메시지였다. 효림, 한 끼라도 부실하면 기초대사량 떨어져. 지금 버린 거 다시 주워 먹어. 나는 음식 찌꺼기가 남아 있는 개수대로 손을 뻗었다. 차마 그걸 집어 다시 입에 넣을 자신이 없었다. 닭 가슴살은 이미 딱딱하게 굳었고 브로콜리는 접시에서 흘러나온 칠리소스를 뒤집어썼다.

"누나, 그냥 눈 꾹 감고 코 막은 다음에 삼켜. 카메라 없는 데서 뱉으면 돼."

은규는 오만상을 쓴 채 접시에 가득한 음식을 우걱우걱 씹어 삼켰다. 은규의 이마가 땀으로 반짝거렸다.

"내가 거절하면 어떻게 되는데?"

내가 머뭇거리는 사이 은규가 개수대에 빠진 닭 가슴살과 브로콜리를 흐르는 수돗물에 씻어 건넸다. 나는 숨을 멈추고 은규가 씻어 건넨 닭 가슴살과 브로콜리를 대충 씹어 약처럼 삼켰다.

은규는 담담하게 말했다.

"엄마는 끈덕지게 참견하고 교정하고 확인하겠지. 그냥 견뎌야 해. 난 근육량 40킬로그램 달성하면 엄마가 월세 보증금 대주기로 약속받았어. 누나도 뭐가 목표를 만들어서 엄마랑 딜을 봐. 여기서 탈출하려면 엄마가 바라고 원하는 자식으로 보여야 해. 그 수밖에 없다니까."

나는 노트를 펼쳐 엄마의 홈 캠 사각지대를 분석해나갔다. 어둑하게 음영을 준 공간 안에서라면 엄마의 눈으로부터 자유로웠다.

그날부터 나는 어떤 딜을 받아낼지 깊은 고민에 빠졌다. 엄마의 눈 밖으로 도망쳐 영원히 독립하고 싶었다. 사람들의 시선으로부터 자유로워져 먹고 싶은 걸 먹고 자고 싶을 때 자고 싶었다. 그러려면 돈이 필요했다. 월세 보증금만 요구하는 건 임시방편이었다. 엄마는 언제고 마음에 들지 않으면 보증금을 회수하거나 월세 보조금을 끊어버릴 터였다.

내가 원하는 건 영원히 엄마로부터 탈출하는 거였다. 오랜 고민 끝에 나는 엄마 회사의 지분을 요구하기로 결정했다. 서류를 작성해 공증받으면 매달 급여와 상여금, 배당금까지 챙길 수 있었다. 그 정도면 세상에서 가장 깊은 곳에 안전히 틀어박힐 수 있을 것 같았다.

"체지방률 13퍼센트로 낮추고 일 년 유지하면 줄게."

엄마는 예상외로 흔쾌히 내 딜에 응했다. 속으로는 네까짓 게 무슨 수로, 하는 마음이 깔린 게 틀림없었다. 그리고 내 예상은 맞았다. 은규처럼 푼돈으로 나를 제어할 수 없게 되자 엄마의 감량 성화가 잦아들었다. 나는 엄마의 도움 없이 식단과 운동 스케줄을 짜고 루틴을 유지하려 애썼다. 엘리베이터 대신 계단을 오르내렸고 입맛이 떨어지기를 바라며 식전에 전자 담배를 피웠다. 체지방률이 15퍼센트에 근접했을 때 엄마는 바나나와 우유, 선식을 넣은 셰이크를 내 방 책상 위에 올려놓고 출근했다. 먹지 말았어야 했다.

✳

회피형 인간도 나름의 회피 노하우가 있었다. 약속을 자연스럽게 깨는 법, 조별 과제에서 조용히 타이핑만 하고 점수를 얻는 법, 잠수 이별 하고도 욕 안 먹는 서사를 만드는 법, 등교하지 않고 학사와 석사를 취득하는 법, 흥미 없는 자리에서 티 나지 않게 버텨내는 법. 조용히 타인과 세상을 속이며 저마다 살 궁리를 했다.

　욕망형 인간인 엄마 역시 누군가의 눈에 보기 좋은 인간이기를 바라며 안간힘을 쓰는 사람이었다. 엄마가 다섯 달 전부터 내게 식단과 운동을 강요한 건 아마도 영지 이모가 한국행 항공권을 끊어서일 터였다. 친구를 집으로 초대해 하워드 렌이라는 공간 디자이너가 엄마를 한 시간쯤 빤히 바라보다 영감을 얻어 직접 설계한 인테리어를 과시하고 싶었겠지. 미래의 의료인이 될 날씬한 딸과 의상디자인을 전공한 건강한 아들을 소개하고 싶었겠지. 그릇장을 가득 채운 바이마르 조세핀과 웨지우드를 보여주고 싶었겠지.

　본질적으로 엄마와 나는 다를 바 없었다. 잘사는 걸, 괜찮은 걸 증명하고 싶은 사람들이었다. 본질적으로 회피와 욕망은 같을지 모른다. 티 나지 않게 약점을 가려야 세상을 살아갈 수 있는, 뭔가 부족한 사람들이니까.

　식욕이 수그러들었다. 연어를 먹은 입안에 역한 비린 맛이 감돌았다. 각성기에 접어든 치매 노인처럼 수치심이 일었다. 얼마나 찌고 부을지 도무지 가늠되지 않았다. 내 방으로 뛰어가 혈당계를 꺼냈다. 채혈 바늘로 손끝을 찌른 뒤 검사지를 적셨다. 혈당계 액정에 187이 찍혔다. 한동안 클린 식단을 유지하다 고탄수화물인 바나나를 먹었으니 수치가 튀는 건 당연했다.

인슐린 분비량과 증량은 비례한다. 토할지 말지 갈등하느라 거실을 서성거렸다. 얼마나 시간이 흘렀을까. 벽시계를 보니 열한 시 십오 분이었다. 엄마가 외출한 지 고작 두 시간밖에 지나지 않았다. 그때 벽시계 옆에 달린 홈 캠이 눈에 들어왔다. 너무 흥분한 나머지 사각지대에서 먹어야 한다는 사실을 잊었다. 겨울잠에서 깨어난 짐승처럼 부엌을 서성거리며 음식을 꺼내 먹은 내 모습이 고스란히 녹화되었을 터였다. 내가 제대로 못 사는 걸, 내가 괜찮지 않은 걸 숨겨야 했다. 이 위기로부터 도망쳐야 했다.

안방으로 들어가 티 테이블 위에 놓인 노트북을 열었다. 엄마는 내 방을 돼지우리 같다고 했지만 엄마의 바탕화면도 다르지 않았다. 다운받아 꺼내놓은 파일과 바로가기가 수십 개였다. 엑셀과 한글과 파워포인트, PDF 파일들을 눈으로 솎아내다 분홍색 하트 안에 이층집 그림이 있는 '홈 스위트 홈' 아이콘을 발견했다. 아이콘 옆에 바짝 붙여 놓은 '오목눈이' 폴더에 눈이 갔다. 지금이 아니면 엄마의 노트북을 뒤져볼 엄두가 나지 않을 터였다. 나는 크게 한 번 숨을 내쉬고 폴더를 열었다. 수십 개에 달하는 PDF 파일이

들어 있었다. 하나씩 클릭해보니 모두 소장이나 판결문들이었다. 내용은 모욕, 명예훼손, 사기, 사문서위조, 업무방해, 채무불이행.

엄마는 평범한 사업가가 아니었다. 거짓말과 욕설, 폭력과 조롱을 일삼는 슈트 입은 뱀이었다. 나는 숨을 참고 고개를 절레절레 흔들었다. 돌이켜보면 엄마는 몇 년에 한 번씩 긴 출장을 다녀왔다. 캐리어에 미리 짐을 챙겼고, 목적지를 알려준 적은 없었다. 느닷없이 문자로 장기 출장을 통고하고 사라졌다가 홀연히 돌아와 사랑한다고 속삭였다. 그때마다 엄마에게서는 싸구려 샴푸 냄새가 풍겼다.

오목눈이 폴더 안에는 양육비 미지급 청구소송 판결문도 있었다. 노트북 터치패드에 올려놓은 손끝이 달달 떨렸다. 분명 나나 은규와 관련된 소송일 터였다. 눈앞이 아뜩했다. 우리 남매에게 무책임하게 연락 두절되었던 아빠는 매월 10일, 이백만 원의 양육비를 보내왔다. 입금 확인서가 증거였다. 그는 지난 십사 년간 단 두 번 양육비 지급일을 지키지 못해 엄마에게 고소당했다. 아빠도 엄마를 모욕과 명예훼손으로 고소했다. 판결문에 따르면 엄마는 새 가정을 이루고 성실하게 살아가는 아빠와 그의 아내에게 수천 건에 달하는 문자와 전화, 기습 방문으로 고통을 주었다. 죄질이 불량하나 초범인 점을 고려해 형의 집행을 유예했고, 이후에는 위자료를 지불하여 합의에 이르기를 여러 번이었다.

비로소 희미했던 게 선명하게 보였다. 혐의는 엄마의 노트북 바탕화면만큼이나 너저분했다. 티 테이블 위에 보란 듯이 세워놓은 엄마의 대학 합격 통지서의 직인이 너무 조악했다. 엄마의 고등학교 졸업 앨범 속 사진은 죽기 살기로 공부만 한 모범생 치고 너무 불량했다. 크게 부풀려 스프레이로 고정한 앞머리, 가느다랗게 다듬은 눈썹, 유독 혼자만 밝은 머리색과 그린 게 틀림없는 아이라인이 도드라졌다.

바나나우유 칼로리가 한순간 몸을 빠져나가는 것처럼 속이 허했다. 어딘가 아빠의 흔적이 더 남아 있을지 몰랐다. 다른 폴더를 열었다. 엄마가 예전에 쓰던 핸드폰 기종이 이름으로 붙은 폴더였다. 연락처는 모조리 삭제했는지 비어 있었다. 사진 폴더를 열었다. 엄마의 셀피와 복제품을 만들기 위해 저장한 명품 블라우스, 스커트, 원피스 사진뿐이었다. 이번에는 녹음 폴더를 열었다. 통화가 자동 녹음된 파일이 최신순으로 정렬되어 있었다. 아빠와 통화한 흔적이 남아 있기를 바랐지만 대부분 녹음된 통화는 전윤석이었다.

녹음 파일 하나를 틀자 엄마가 짜증 섞인 목소리로 전화를 받았다.

"윤석 씨, 투자의 책임은 본인인데 왜 자꾸 나를 닦달해요. 갑자기 틀어진 걸 어떡하란 말이야. 나도 할 만큼 했다니까요. DDP 다음으로 큰 패션 플라자 입점이 복날 닭 잡듯 어디 쉬운가. 시행사 대표, 부처 공무원, 지역 유지 쫓아다니며 내가 밥 사 먹이고 골프 쳐주고 양주에 과일까지 챙겼잖아. 그래도 안 되는 걸 어떡해. 내 심정은 대체 누가 알아줘?"

"정하야, 그게 어떻게 투자야? 네 브랜드 입점 승인 났다고 계약금 꿔 간 거잖아. 이자까지 얹어서 돌려준다 해놓고 이제 와 딴소리를 하면 어떡해. 내 전 재산이랑 우리 애 대학 등록금까지 네 통장으로 들어갔어. 걔 인생이 너한테 달린 거야."

윤석은 울음을 참고 있는 것 같았다.

엄마가 차갑게 물었다.

"차용증 있어?"

윤석의 숨소리가 거칠어졌다.

"차용증 있냐고 물었어요, 전윤석 대표님."

"차용증이 없으니 투자다? 너 처음부터 작정하고 사기

쳤구나!"

아마도 윤석은 이쯤에서 검고 아름다운 뱀의 형상을 머릿속에 그렸을지 몰랐다. 완벽한 육각형의 얼굴에 새카만 눈, 보석처럼 반짝거리는 비늘을 두른 뱀 한 마리가 그의 발목을 감고 서서히 기어오르는 환상 말이다.

"잘 아네. 공부 지지리 못하는 아들 삼류 대학 보내지 말고 일찌감치 입대시켜요. 진짜 공부는 사회에서 하는 거잖아."

윤석은 공부 잘하는 딸이 아니라 골칫덩이 아들을 둔 그리 부유하지 않은 사내였다. 그가 꺽꺽 울며 "야, 이 개 같은 년아!"라고 외쳤다. 그러자 엄마는 녹음을 하고 있으며 모욕죄로 고소할 수 있지만 당신 처지가 가여워 한 번 봐주겠다 일갈하고 통화를 마쳤다.

내가 틀렸다. 엄마는 남들 눈에 보기 좋은 인간이기를 바라는 부류가 아니었다. 자기 자신에게만 좋은 인간이기를 바랐을 뿐이다. 그래서 사소하고 편의적인 거짓말부터 중대하고 위험한 사기까지 얼굴색 하나 변하지 않고 저지를 수 있는 거였다. 그러다 이따금 자신을 의심하는 인간을 만나면 서슴없이 독니를 박았다. 적대자가 사라져야 자신이 잘 사는 게 증명되니까. 도망치는 대신 공격이라니, 예상치 못한 엄마의 진면모였다. 안전하게 엄마와 이별하려면 나도 진실을 외면해야 했다.

홈 스위트 홈 폴더에 들어가 최근 두 시간 사이 촬영된 영상파일을 삭제했다. 노트북을 닫고 안방을 나서려던 그때, 주머니에 든 핸드폰이 진동했다. 엄마였다. 나보다 먼저 홈 캠을 본 걸까. 아니면 안방에 내가 모르는 또 다른 홈 캠이 있는 걸까. 핸드폰을 쥔 손에서 진땀이 흘렀다.

"응, 엄마. 영지 이모랑 재미있어?"

뇌를 속이듯, 위장을 속이듯 나는 조심스레 말을 꼭꼭 씹어 내놨다.

"이따 영지랑 집으로 갈 거야. 3성급 호텔에서 옹색하게 자느니 우리 집 가자고 했어. 네 시쯤 이모님이 식사 준비하러 갈 테니까 문 열어드려."

기어코 영지 이모를 설득해낸 모양이었다. 엄마는 몸 좋은 아들이 운전하는 렉서스 뒷좌석에 앉아 앞머리처럼 한껏 부풀린 거짓말을 늘어놓을 생각에 설렐 터였다. 그때 중고 거래 앱 채팅에 누적된 수십 개의 메시지가 보였다. 샤넬 스카프를 사 간 삼십 대 직장인이었다.

가품 감정서 보내드려요. 사진하고 달리 마감이 허술해서

의뢰했어요. S급도 아니고 A급이라니 ㅋㅋ 계속 메시지 씹으면 신고합니다. 당장 환불해주세요. 감정 비용도요.

샤넬 스카프 너무 질리도록 많아서 싸게 판다며? 이제 보니 의대생이라는 것도 거짓말이지? 지금껏 네가 판 명품들 다 짭일 거야. 울 작은아빠 로펌 다녀. 너처럼 구라 아니거든. 명함 보낸다. 이 개 같은 년이……

나는 채팅창을 닫았다. 샤넬 스카프와 로저 비비에 구두는 진품이었다. 물론 그건 내 방 옷장 깊숙이 숨겨두었다. 에르메스 팔찌와 반클리프 아펠 목걸이, 로로피아나 코트와 원피스도 거기 함께 있다. 진품이 있어야 내가 당근에 팔 가품의 퀄리티를 측정할 수 있으니 대조용으로 숨겨두었다. 엄마가 내게 회사 지분을 넘길 리 없었다. 막다른 골목에서 엄마의 울타리를 뛰어넘으려면 최소한의 밑천은 있어야 했다. 보건행정과 1학년을 자퇴한 회피형 인간인 내게 가장 손쉬운 자금 마련은 엄마의 명품 컬렉션이었다. 이제 고작 이천만 원도 못 모았는데 엎어질 수는 없었다. 나는 재빨리 채팅창을 켜 메시지를 보냈다.

판매자 엄마예요. 우리 애가 철없이 일을 저질렀네요. 십 분

내에 감정료 포함해서 환불하겠습니다. 안 지키면 고소하셔도 됩니다.

나는 냉랭한 얼굴로 구매자에게 메시지를 보냈다. 엄마가 훈련시킨 연기력이 여기서 한몫할 줄은 몰랐다. 스카프 값이라 봐야 오십만 원, 감정료 이십만 원. 총 칠십만 원으로 틀어막을 수 있는 일이었다.

그때 엄마에게서 다시 전화가 왔다. 뭔가를 눈치챈 걸까. 지금껏 잘 숨겨왔다고 생각했다. 나는 고개를 들어 홈캠을 확인했다. 카메라는 멍청하게 부엌만 비춘 채 멈춰 있었다. 아직은 엄마의 손아귀에 완전히 사로잡힌 착하고 실용적인 딸이어야 했다. 내가 세상 가장 안전한 곳으로 숨어들 밑천이 만들어질 때까지는.

나는 전화를 받았다.

"매정하게 전화를 딱 끊어서 놀랐잖아. 탁효림, 엄마한테 할 말 없어?"

엄마의 목소리가 나긋했다. 쌔근팔딱 뛰던 내 마음도 누그러졌다. 이제 원하는 대답을 해줄 차례였다.

"뚝 끊어서 미안해. 엄마, 사랑해."

비로소 통화가 끝났다. 나는 어둑해지는 핸드폰을 바라

보며 작게 속삭였다. 사랑해, 1나노그램만큼은. 아주 조금이나마 사랑해야 엄마를 속일 수 있었다. 그 티끌보다 작은 감정이 유일한 내 탈출 전략이었다. 누군가 가족을 회피하는 노하우를 묻는다면 말해주고 싶다. 그들이 원하는 대답을 해주어라. 그리고 대답과 상관없이 네 멋대로 굴어라.

시크릿 캔디

양 은 애

국정감사 당일, 많은 언론의 주목을 받는 것은 단연 파피랜드였다. 현재 청소년 사이에서 가장 많은 인기를 얻고 있는 파피캔디 때문이었다. 고작 알사탕을 만든 식품 회사가 이렇게 국정감사까지 나와야 할 정도인가 싶지만, 파피캔디를 빼고는 현재 청소년에 관해 이야기할 수 없을 정도로 선풍적인 유행이기에 국정감사에 파피랜드 대표가 나와야 한다는 것이 국민들의 의견이었다.

파피랜드 대표는 긴장된 얼굴로 마이크 앞에 섰다. 대표가 올라서자 자리에 앉아 있는 모든 사람이 그를 주목했다. 그중 날카로운 눈빛의 국회의원 한 명이 준비된 파피캔디 봉지를 꺼내며 그에게 질문을 던졌다. 대표가 말할 때마다 사방에서는 기자들의 플래시가 터지고 땀을 뻘뻘 흘리는 대표의 얼굴이 실시간으로 SNS에 퍼지기 시작했다.

국정감사가 끝난 후, 대기실에 앉아 있던 대표는 피로한 얼굴로 의자를 젖혀 뒤쪽 벽에 머리를 기댔다. 차가운 벽의 기운이 대표의 복잡한 머리를 조금은 식혀주는 기분이었다. 고요한 정적을 깬 건 대기실 문을 여는 소리였다.

말쑥하게 정장을 차려입은, 한눈에 보아도 심상치 않은 인물임을 알 수 있는 사람이 웃으며 대기실로 들어왔다. 남자는 사람 좋은 웃음을 지으며 대표에게 다가왔다.

"그러니까 요는, 국민 여론이라 어쩔 수 없다는 겁니다. 대표님 회사가 잘못한 게 아니고……. 아시잖아요, 유행이라는 게 시작되면 걷잡을 수 없잖습니까? 누가 알았겠습니까? 작은 사탕이나 파는 대표님 회사가 이렇게 급성장하게 될 줄."

남자는 자신이 산업통상자원부 차관이라 밝혔다. 그러면서 '작은 사탕이나'라는 표현에 차관은 짐짓 말실수를 자각한 듯 허허 웃으며 대표를 바라보았다. 대표가 계속 우물쭈물하며 차관의 제안에 확답을 주지 않자 차관은 강수를 두었다.

"대표님, 회사가 아예 문 닫는 것보다는 낫지 않습니까? 오늘 기사 나가고 분명 반대 여론도 나올 텐데, 이러면 회사 운영하시기 힘들어져요. 저희는 저희 쪽에 동조해주시는 만큼 편의를 봐드릴 예정이고요. 별거 아니잖아요? 아예 판매하지 말라는 게 아니라 정해진 수량만 공급해달라는 건데."

대표는 아까 식었던 땀이 다시 목뒤로 흐르는 느낌이 들었다. 분명 더는 거절할 명분이 없었다. 그리고 사실 대표 또한 차관이 내미는 조건을 거절할 이유가 없었다.

✳

"수현 쌤은 빨간색 드실래요?"

유주가 불쑥 내민 사탕을 수현은 멀뚱멀뚱하니 보고 있었다. 중학교 1학년 학생들이라 쉬는 시간마다 교무실을 찾아와 선생님들 곁에서 놀다가 교실로 돌아가는 아이들이 꽤 있었다. 수현은 그런 아이들이 편하게 생각하는 친구 같은 선생님 중 하나였다.

"이건 또 뭐야? 너희는 먹는 게 맨날 바뀌더라?"

수현은 자연스럽게 유주가 내민 사탕을 받아 입안에 넣었다. 진한 딸기 향이 나는 사탕은 수현이 어릴 때 먹던 사탕 맛 그 이상도 이하도 아니었다.

"이거 요즘 핫한 파피캔디예요. 쌤, 모르세요?"

"파피캔디?"

파피캔디라는 말에 수현의 옆자리에 앉아 있던 민정이 유주에게 손짓을 했다.

"정유주, 쌤도 좀 줘봐."

유주는 냉큼 민정에게 다가갔다. 사탕 봉지를 만지작거리던 유주는 민정에게 무슨 색을 줄지 고민했다.

"아, 민정 쌤은 파란색이 어울리는데……."

"파란색이 혹시 민트 맛이야? 나 골탕 먹이는 거 아니지, 정유주?"

장난기 섞인 민정의 말투에 유주는 까르르 웃으며 고개를 절레절레 저었다.

"아, 쌤. 민트 혐오 하지 마세요! 파란색은 소다 맛이에요."

유주는 깔깔 웃으며 민정에게 파란색 파피캔디를 건넸다. 유주의 목소리가 컸는지 교무실에 있던 사람들의 시선이 주목되었다. 그리고 그때 유주의 곁으로 다른 아이들이 다가왔다.

"그거 파피캔디야? 어디서 구했어? 요즘 구하기 힘들던데."

"우리 삼촌이 하는 편의점에서 팔아. 너희도 먹을래?"

"먹어도 돼? 혹시 노란색도 있어?"

한 아이의 말에 유주는 다른 주머니를 뒤적여 사탕 봉지를 하나 더 꺼냈다.

"잠깐만, 노란색 여기 있다."

"와, 너 진짜 많다. 그럼 나는…….."

파피캔디를 받은 아이들은 얼굴에 웃음꽃을 피운 채 이야기를 나누며 교무실 밖으로 향했다.

그들의 모습을 지켜보던 수현은 흐뭇한 미소를 지었다. 알사탕 하나 나눠 먹고 저렇게 쉽게 친해질 수 있다니. 딱 중학생다운 풍경이 수현의 마음에 와닿았다. 고개를 돌리니 사탕을 먹고 볼록해진 민정의 볼이 수현의 눈에 띄었다.

"그게 그렇게 유명한 사탕이에요?"

"어휴, 우리 집 애들도 이거에 환장해서 맨날 사 먹고 난리도 아니야. 요즘 애들 사이에서 유행이래. SNS에도 올라오고, 또 뭐라더라? 아이돌 누가 맨날 먹는다고 그랬다던데."

"먹어보니 별맛 없는데요? 옛날에 먹던 싸구려 사탕 맛이랑 차이도 없고."

"요즘 애들이 뭐 맛으로 먹나, 유행으로 먹지. 아이돌 누가 먹는다고 하면 우르르 그거 먹고 유튜버 누가 먹는다고 하면 또 우르르 그거 먹고."

민정은 웃으며 책상 위에 있는 수업 자료를 정리하기 시작했다. 수현은 민정의 말에 웃으며 말했다.

"그래도 유행이 나쁜 건 아니잖아요. 친목의 의미로 다가올 수도 있으니까. 애들은 원래 작은 거에도 웃고 친해지고 그러잖아요."

그 말에 민정은 사뭇 심각한 표정으로 고개를 절레절레 저으며 수현을 바라보았다.

"수현 쌤은 가끔 보면 사람이 참 순진한 것 같아."

"제가요?"

"그래, 애들을 순수함의 결정체로 보고 있잖아. 어린 시절 다 겪은 어른이 말이야."

"애들 순수하죠. 저는 요즘 애들 하도 무섭다고 말만 들어서 걱정 많이 했었는데 막상 발령받고 만나보니 다 순둥이에다 아무것도 모르고……. 아, 물론 너무 어린애 같을 때가 있기는 한데, 그래도 귀엽잖아요."

민정은 책상 위에 정리한 파일과 교과서를 들고 자리에서 일어섰다. 민정이 일어나자마자 수업 시간 시작을 알리는 소리가 스피커에서 흘러나왔다.

"귀엽긴, 쟤네도 알 거 다 알고 할 거 다 하는 애들이야."

민정은 손에 들고 있던 교과서를 툭툭 치고는 웃으며 교무실 밖으로 나섰다. 그래도 수현은 아이들의 미숙함을 나쁘게 바라보고 싶지는 않았다.

주위의 모든 선생님이 수업하러 교무실 밖으로 나가는 걸 보고 수현은 그제야 허겁지겁 수업 자료를 챙겨 복도로 나섰다. 수업 시작을 알리는 종소리가 울린 지 한참인데도 아직 복도에 웃고 뛰어다니는 아이들이 많았다.

수현은 아이들을 향해 외쳤다.

"수업 시간이다, 얘들아! 얼른 반으로 돌아가! 서훈이, 왜 아직도 복도에 있어? 나 지금 너희 반 수업 들어가는데?"

우렁찬 수현의 목소리에 놀란 아이들은 냅다 교실을 향해 뛰어 들어갔다. 수현은 교실로 향하다 문득 화장실 앞에서 아직도 서성이고 있는 세 명의 남학생을 발견했다. 아이들은 수현이 다가오는 것도 모른 채 심각한 분위기로 대화하고 있었다.

"네가 갖고 온다며?"

"그게…… 저번에 산 거에는 보라색이 없었어."

"그건 내 알 바 아니고. 네가 갖고 온다며? 민서한테 오늘 갖다준다고 말했단 말이야. 근데 이제 와서 없다고 하면 어떡해."

분위기는 점점 심각해졌다. 두 아이 사이에서 곤란한 표정으로 눈치를 보며 서 있던 아이가 힘겹게 입을 열었다.

"다음에 보라색 있는 걸로 가져올게. 근데 보라는 원래 물량이 별로 없대."

"야, 그걸 몰라서 내가 너한테 부탁했어? 네가 구할 수 있다고 하니까 내가 부탁한 거 아니야."

수현은 점점 더 험악해지는 분위기에 얼른 그들 틈으로 개입하려고 목소리를 높였다.

"너희는 왜 수업 시간인데 아직도 여기에 있어?"

갑작스러운 수현의 개입에 아이들은 흠칫 놀라며 서로의 눈치를 보고 대답도 하지 않은 채 각자의 반으로 흩어졌다. 보라색 사탕을 구하지 못한 아이는 어깨가 축 늘어진 채 터덜터덜 반으로 향했다. 수현은 그 아이의 뒷모습을 보며 생각이 복잡해지는 기분이 들었지만 애써 떨쳐내고 교실로 향했다.

＊

교무회의 시간, 학년 주임 선생님이 다른 선생님들 앞에서 깊은 한숨을 쉬며 말을 꺼냈다.

"교육청에서 대대적으로 공문이 내려왔습니다. 선생님들이 좀 번거로우실 수 있는데, 요새 유행하는 그 파피인가 퍼피캔디를 학교에 가지고 오는 걸 금지하라고 하네요. 학생들에게 유행을 조장하고 분란을 일으킬 수 있다고……. 뭐, 공문이 그렇게 내려왔으니 각 반 담임선생님들은 좀 더 신경 써주시고……."

학년 주임 선생님의 말에 다른 선생님들이 수군거리기 시작했다. 수현도 이해할 수 없다는 표정으로 옆자리에 있는 민정에게 몸을 기대며 속삭였다.

"지금 애들 사탕 먹게 하지 말라고 교육청에서 공문이 내려왔다는 소리예요?"

민정은 이미 알고 있었다는 듯 가벼운 한숨을 내쉬며 고개를 끄덕였다.

"오늘 아침에 기사가 났더라고. 이제부터 파피캔디를 수량 제한해서 공급할 거라고. 그거 사려면 아침 일찍 줄 서야 한다고 내 친구들 단톡방도 난리가 났어. 다 애들 있는 집이라 애들이 뒤집어지고 난린가 봐. 그놈의 사탕이 뭐라고……."

민정의 말에 수현은 민정이 말한 기사를 찾아보려고 핸드폰을 몰래 꺼내 들었다. 하지만 수현이 검색도 하기 전에

이미 포털 사이트에 굵고 커다랗게 '파피캔디 오늘부터 수
량 제한 공급'이라는 메인 기사가 바로 떴다.

기사에 따르면 정부에서는 국민의 건강을 위해 현재 돌
풍처럼 불고 있는 파피캔디 판매에 적극 개입할 것이라 발
표했다. 특히 파피캔디를 청소년이 주로 소비하고 있다는
점 때문에 자라나는 아이들의 건강을 위한 필수 불가결한
선택이었음을 강조했다.

수현이 읽은 기사의 댓글들 사이에서도 찬반 논란이 격
렬히 일어나는 중이었다. 기호식품을 통제하는 것에 불편
해하는 사람들은 정부의 발표에 반대하는 글을, 파피캔디
유행 자체에 대해 불만을 가진 사람들은 정부의 발표에 찬
성하는 글을 올리며 서로 대립하였다.

수현은 머릿속에 혼란스러움만 가중되었다. 학생들의
건강을 생각하면 통제하는 편이 맞지만 과연 지금의 상황
이 정부까지 나설 상황인가에 대해서는 수현도 의아했다.

그리고 역시나 여파는 수업 시간에도 영향을 주었다. 아
이들은 뒤늦게 파피캔디 수량 제한 발표 기사를 보고 모두
절망한 듯했다. 도통 수업에 집중하지 못하고 서로 가지고
있는 파피캔디를 어떻게 교환할 것인가에 몰두하는 것처
럼 보였다.

교육청에서 내린 공지가 학생들에게 전달된 이후, 쉬는 시간마다 반에서 한 명씩 교무실로 뛰어 들어와 누가 파피캔디를 갖고 왔다며 이르기 일쑤였고 그럴 때마다 선생님들은 교실로 찾아가 아이들의 파피캔디를 압수할 수밖에 없었다. 아이들의 불만은 커져갔고 고발한 자와 빼앗긴 자 사이의 갈등도 심화되었다.

수현은 파피캔디 자체가 일으키는 문제보다 교육청 공문 이후 일어나는 문제에 더한 피로감을 느꼈다. 건강을 생각한다는 명분의 발표는 언뜻 간단해 보였지만 그 여파를 직접 겪고 다뤄야 하는 현장의 일은 그렇게 간단한 것이 아니었다.

"언제나 사고는 다른 사람이 치고 수습은 우리가 해야 하지, 안 그래?"

민정은 피곤한 표정으로 수현을 보며 입만 웃고 있었다. 교무실에 찾아온 새로운 변화에 골치가 아픈 듯 선생님들 중 누구 하나 웃는 사람이 없었다.

그리고 누구나 예상했듯 매일 새벽마다 파피캔디를 사기 위해 상점 앞에 줄을 서는 진풍경이 펼쳐졌다. 어른, 아이 할 것 없이 졸린 눈을 비벼가며 해가 뜨기 전부터 상점 앞에 나와 있었다.

"죄송합니다! 오늘은 더 물량이 없어요. 내일 오셔야 해요!"

사장님의 외침은 곧 기다리던 사람들의 탄식으로 이어졌다.

"아니, 새벽부터 기다렸는데 앞에서 열 개나 사 가게 두면 안 되죠. 여기 기다리는 사람들 바보 만드는 것도 아니고."

"그게…… 개인마다 물량 제한은 크게 없어서 파는 저희도 참 곤란한 입장입니다."

"그럼 사장님이 알아서 좀 제한을 두셔야죠. 한 사람이 하루 물량 다 쓸어가면 그냥 두실 거예요? 이렇게 많은 사람이 새벽부터 기다리고 있는데!"

하지만 상점마다 매일 받는 물량 또한 명확하지 않았기에 상점 주인은 언제나 고객들의 불만을 들으며 오늘의 수량이 다 떨어졌다고 외치는 수밖에 없었다. 어떤 상점에서는 인당 판매 개수를 제한했지만 이 또한 다른 불만으로 이어지기 일쑤였다.

수현은 고작 사탕이 이렇게까지 일상을 혼란스럽게 만들 일인가 싶어 당황스러웠다. 유행 탓에 개인의 선택이 더는 선택이 아닌 의무가 되어버린 느낌이었다. 그리고 이런 상황에서 자신이 학생들을 위해 해줄 수 있는 게 아무것도 없다는 생각에 무력해지기 시작했다. 부디 이 유행이 빨리 지나고 안정을 찾기를 바랄 뿐이었다. 하지만 그런 바람이 무색하게 수현의 반에서 문제가 먼저 발생했다.

쉬는 시간, 교무실로 뛰어 들어온 아이들의 다급한 부름에 수현은 교실로 향했다. 수현의 반 아이인 도진과 다른 반 아이인 듯 보이는 남학생의 격한 몸싸움을 하고 있었다. 수현은 문득 그 아이가 이전에 복도에서 보았던, 보라색 사탕을 구하지 못한 아이임을 한눈에 알아볼 수 있었다.

격해지는 몸싸움 사이로 수현이 끼어들어 둘을 떼어 놓았다. 떨어진 두 사람을 다른 아이들이 붙잡고 말렸다.

"이게 뭐 하는 짓이야? 김도진, 왜 싸우는 건데?"

"얘가 먼저 저 때렸어요. 가만히 있는데!"

도진은 씩씩거리며 싸우던 아이에게 손가락질했다. 도진의 말에 그 아이는 더 큰 목소리로 도진을 향해 소리쳤다. 아이의 눈은 거의 분노와 적대로 가득해 울부짖음에 가까웠다.

"네가 먼저 보라색 사탕 준다며. 그래서 내가 돈 줬잖아! 근데 왜 안 줘! 너 나한테 사기 친 거 아냐?"

수현은 이 상황에서 더는 이들을 중재할 수 없다고 판단하고 한 사람씩 따로 이야기하기로 했다. 먼저 도진을 상담실로 데려갔다. 수현은 냉정하게 도진을 바라보며 상황 설명을 요구했다. 쭈뼛거리던 도진은 작은 목소리로 말했다.

"걔가 보라색 사탕 구해주면 오천 원 준다고 해서……."

"오천 원? 다섯 개 들어 있는 사탕이 이천 원인데, 보라색 사탕 하나가 오천 원이라고?"

"그게 제일 구하기 힘든 거라서 그래요. 보라색이 인기가 많거든요."

"근데 넌 왜 구해주기로 해놓고 안 구해준 건데? 돈도 받았다면서."

"안 구해준 게 아니라, 저번에 갖고 왔는데 학년 주임 쌤이 다 뺏으셔서……. 저는 갖고 왔어요. 뺏긴 걸 어떡해요."

"그럼 돈이라도 돌려줘야지."

"돈 돌려준다고 했어요. 근데 갑자기 저를 때려서……."

수현은 우선 도진에게 친구끼리 다시는 돈을 주고받는 행위 자체를 하지 말라고 일러두었다. 수현의 말에 도진은 기가 죽은 듯 고개를 끄덕이고는 밖으로 나섰다. 잠시 후 도진과 싸운 옆 반 아이 지호가 들어왔다. 수현은 그때 화장실 앞에서 본 지호의 모습이 떠올랐지만 지금은 도진과의 싸움에 대해서만 언급해야겠다고 생각했다.

"이야기 들어보니 도진이가 돈도 돌려준다고 했다는데 왜 때린 거야?"

지호는 수현의 질문에 고개를 숙인 채 대답하지 않으려는 듯 입을 꾹 다물고 있었다. 쉽게 입을 열 것 같지 않은 굳은 태도였다. 결국 수현은 꺼내지 않으려던 자신의 기억 속 사건을 언급할 수밖에 없었다.

"너 전에 화장실 앞에서도 다른 애들이랑 파피캔디 거래 했지? 그때도 보라색 사탕 구하려고 했던 거 같은데. 그걸 오천 원씩이나 주고 사야 하는 거야?"

수현의 말에 지호는 더 입을 열지 않은 채 고개만 숙이고 있었다. 수현은 지호에게 말을 더 하려다 말고 침묵으로 기다려주었다. 어쩌면 지호는 말을 하지 않으려는 게 아니라, 말을 할 수 없는 상황일지도 몰랐다. 그런 상황이라면 기다려주는 것이 최선임을 수현은 알고 있었다. 그리고 수현의 믿음대로 오랜 침묵 끝에 지호가 입을 열었다.

"이번엔 보라색 꼭 구해야 하거든요."

"왜?"

"걔네가 저번에 보라색 못 구했다고, 이번에도 못 구하면 영구 제외라고 했어요."

"영구 제외? 어디에서 영구 제외한다는 거야?"

"노는 무리에서……."

그제야 수현은 지호가 일으킨 사건의 내막을 이해할 수 있었다. 지호는 파피캔디를 통해 자신이 속했던 무리에 다시 들어가고자 했을 것이다. 아이들 사이에서 파피캔디는 이제 더 이상 먹는 것으로 통하는 것이 아니라 누군가와 가까워지기 위한 조건이 되어버렸다.

수현은 용기를 내어 대답해준 지호의 말에 더 추궁하지 않고 도진과의 다툼 그리고 학교 내에서 학생들끼리 돈을 주고 물품을 거래하는 것에 대한 주의만 주었다.

그래도 강력한 조치 때문인지 학교 내에서 파피캔디를 거래하는 수가 현저히 줄어들기 시작했다. 다른 선생님들도 안도의 한숨을 내쉬며 이대로 조용해지기를 바랄 뿐이었다. 하지만 평화도 잠시, 새로운 소문이 학생들 사이에서 돌기 시작했다.

"파피캔디 있잖아. 사실 엄청난 부작용이 있대."

"무슨 부작용?"

"눈동자 색깔이 변한대."

유주는 자신의 핸드폰을 들어 다른 아이들에게 사진을 보여주었다. 익숙한 인플루언서의 계정이었다. 한참을 들여다본 끝에 아이들은 그 사람의 눈동자 색이 초록색임을 깨달았다.

"한국 사람이야?"

"한국 사람이고 원래 눈동자는 갈색이었어. 이거 봐, 예전 사진 보면 원래 눈동자 색깔이 이렇게 진한 갈색이야."

"근데 파피캔디 먹고 이렇게 변한 거라고?"

"응, 이 사람 말이 자기는 초록색 맛을 좋아해서 그것만 먹었는데 어느 날 눈동자 색깔이 초록색으로 바뀌었대."

아이들은 믿을 수 없어 유주의 핸드폰 속 사진을 계속 들여다보았다. 옆에 서 있던 아이들끼리 나누는 대화 소리가 들렸다.

"포토샵 같은 거로 보정한 게 아닐까?"

"이 사람 말고 다른 사람들도 실험해봤는데 그 사람들도 변했대."

"눈동자 색깔이 바뀌었는데, 다른 곳에는 이상 없었대?"

"야, 이상이 있었으면 이런 거 못 올리지. 병원 가서 건강검진 싹 다 했는데 하나도 이상 없고 눈동자 색만 바뀌었대. 신기하지? 컬러 렌즈 껴도 이렇게 자연스러운 색 안 나와!"

"진짜 신기하다. 그럼 노란색 눈 갖고 싶으면 노란색 먹으면 되겠네. 얼마나 먹어야 하는 거래?"

"이 사람 말로는 최소 열 개 넘게 먹었다는데, 원하는 색깔로 열 개 넘게 구하려면 쉽지 않아."

유주는 아이들의 주목을 받게 되어 신이 난 듯 목소리가 커졌다.

"나도 지금 아는 사람 통해서 파피캔디 더 구해보는 중인데 눈동자 색깔 바뀐다는 얘기가 퍼지고 나서부터는 잘 안 구해지네. 중고 거래에서도 원하는 색으로 교환을 많이 한다고는 하던데. 기왕이면 물량부터 많이 확보해놓고 교환하는 게 낫잖아. 다들 구할 수 있으면 같이 나눠 갖자."

"중고 거래로도 구할 수 있어?"

"그럼! 내가 알려줄게."

정보의 중심이 된 유주는 아이들에게 중고 거래 앱을 소개해주고 아이들은 앱을 다운받았다. 하나씩 아이들만의 비밀 거래가 늘고 있는 것을 선생님들이 알게 된 건 한참 후였다. 학생들을 주시하고 있었지만 파피캔디 압수 사건 이후로 정보가 새어 나갈까 봐 쉬쉬하는 분위기 때문에 선생님들이 이를 바로 알아내기가 힘들었다. 결국 통제를 위한 조치가 또 다른 비밀을 만든 것이다.

유주가 학교 최초로 초록색 눈이 되어 등교했을 때는 학교가 발칵 뒤집혔다. 선생님들은 유주를 교무실로 불렀고 상황에 대한 모든 이야기를 그제야 듣게 되었다. 그 뒤 수업 시간마다 학생들에게 파피캔디가 건강에 미칠 다양한 위험성에 대해 알렸지만, 이미 유주의 눈을 본 학생들의 귀에 그런 경고가 들릴 리 없었다. SNS에서 퍼지던 이야기가 실제로 가능하다는 걸 알게 된 이상 아이들은 파피캔디에 더 집착할 것이 뻔했다.

수현은 걱정되는 마음으로 파피캔디 부작용에 대해 검색해봤지만 명확한 답은 찾을 수 없었다. 분명 이 정도면 파피캔디 수량을 제한했을 때 떠들썩했던 것만큼 시끄러워야 하는데, 언론은 너무 잠잠했고 SNS는 너무 요란했다.

수업 시작종이 울리고 복도로 나서던 수현은 유주가 자신과 같은 색의 눈동자 아이들과 어울리는 모습을 보았다. 아이들은 한눈에 봐도 하나의 그룹 같았다. 분명 파피캔디 수량 제한은 아직도 진행 중인데 꽤 많은 아이의 눈동자 색이 변해 있었고 이를 부러워하는 아이들과 시기하는 아이들로 학교는 시끌시끌했다.

"수현 쌤! 제 눈 어때요?"

유주는 수현의 속도 모르고 곁으로 다가와 자신의 변한 눈 색깔을 자랑했다. 수현은 상황을 심각하게 여기는 마음을 숨기고 유주의 눈을 보고 웃었다.

"그래, 예쁘네. 다른 애들도 다 초록색이네? 너희 요즘 파피캔디 구하기도 힘들다고 하던데 어떻게 다들 구해서 이렇게 된 거니?"

"중고 거래 앱에서 구하면 돼요. 돈 붙여서 파는 사람들이 꽤 많거든요. 에이, 그런 되팔이는 좀 사라져야 하기는 하는데……. 뭐, 덕분에 저같이 새벽에 줄 못 서는 사람들은 편하게 살 수 있죠."

"중고 거래 앱에서는 얼마 정도 해?"

"개당 만 원 정도요."

유주가 아무렇지 않게 내뱉은 말에 수현의 눈이 커졌다. 이천 원짜리 사탕 한 봉지에 든 사탕 한 개가 만 원에 판매되는 건 엄청난 폭리였다.

"개당 만 원은 너무 심한데? 너희 그 돈 주고 사탕을 사는 거야?"

"안 그러면 구할 수가 없어요. 눈동자 색깔이 바뀌기 시작한다는 게 SNS에 퍼지면서 요새는 새벽에 줄 서도 오 분만에 다 팔린대요."

"우리 집 근처 편의점에서는 일 분 만에 팔렸대."

아이들의 깔깔거림에 수현은 할 말을 잃은 듯 생각에 잠겼다. 건강도 건강이지만 개당 만 원이나 하는 사탕을 살 수 없는 아이들은 어떻게 되는 것일까? 무리에서 제외가 되는 것일까? 아니, 그것보다 문제는 그 사탕을 사기 위해 무엇이든 하려고 한다면? 이런저런 걱정이 밀물처럼 수현의 머릿속에 차오르는 사이 민정이 수현의 곁으로 다가와 아이들에게 외쳤다.

"수업 시간 시작됐는데 왜 아직도 복도야! 얼른 안 들어가?"

민정의 으름장에 아이들은 여전히 해맑게 깔깔 웃으며 반으로 돌아갔다. 민정은 멍하니 생각에 잠긴 수현의 어깨를 툭툭 두드리고는 수업할 교실로 향했다.

많은 학생이 중고 거래 앱의 존재를 알게 되었고 지호 역시 중고 거래 앱으로 보라색 파피캔디를 구하려 부단히 노력하는 중이었다. 아직 보라색 파피캔디는 구하기 힘든 매물이었기에 이번에 지호가 보라색 캔디를 잔뜩 가져간다면 다시 친구들 무리에 낄 기회가 생길 수도 있었다.

중고 거래 앱에는 파피캔디 거래 글이 하루에도 수백 개씩 올라오고 있었다. 하지만 그중 허위거래 글도 많았기에 잘 보고 걸러야 했다. 심지어 몇몇 건은 사기로 이어진 경우가 많았지만 사실상 파피캔디 거래로 사기당한 돈은 되찾을 수 없다는 게 많은 사람의 지론이었다. 파피캔디는 중고 거래 자체를 하면 안 되는 품목이기 때문이다.

지호의 눈에는 그런 위험한 조건들은 보이지 않았다. 지호는 오로지 보라색 파피캔디를 판매한다는 글밖에 보이지 않았다. 그중 보라색 파피캔디를 가장 저렴하게, 가장 많이 판매하는 글을 골랐다. 너무 간략한 설명과 사진 한 장 없는 글에 잠시 의심했지만 다급한 건 지호의 마음이었다. 지호는 긴장되는 마음으로 판매자에게 메시지를 보냈다. 한참 동안 답이 없었다. 불안한 마음에 손톱을 물어뜯고 있을 때 판매자가 답장을 보냈다는 알람이 울렸다.

○○ 편의점 앞에서 5시에 가능?

지호는 얼른 답장을 보냈다. 답장을 보내는 손이 약간 떨렸다. 판매자에게서 곧바로 답장이 왔다.

친구나 다른 사람이랑 오지 말고 혼자 오세요. 난 다른 사람 있으면 거래 안 해요. 그리고 꼭 현금만 들고 오세요.

하교 전부터 수현은 그런 지호를 지켜보고 있었다. 도진과 싸움이 크게 난 후 지호는 무리에서 떨어져 나와 혼자 학교에 다녔다. 급식실도 혼자, 이동수업 때도 혼자, 체육 시간에도 혼자. 수현의 눈에 지호는 언제든 학교에 나오지 않을 가능성이 높아 보이는 불안한 존재처럼 보였다.

그리고 수현의 수업 때도 도통 수업에 집중하지 못하고 계속해서 다리를 떨며 불안해하던 지호가 하교 후 급하게 운동장을 가로질러 달려가는 모습에 수현은 알 수 없는 불안함이 엄습해왔다. 결국 수현은 지호를 따라나섰다.

지호가 향한 곳은 학교에서 약간 떨어져 있는 편의점 근처였다. 이곳은 대부분 학생이 잘 오지 않고 근처 방치된 공사장이 있어 불량 학생들이 모이기로 유명한 곳이었다. 이런 곳에 지호가 혼자 온다는 게 영 찝찝한 수현은 쉽게 자리를 떠나지 못하고 지호를 멀리서 지켜보고 있었다.

그때 핸드폰만 보던 지호의 앞에 검은 후드티를 입은 남자가 나타났다. 후드를 푹 눌러쓰고 있어 얼굴이 잘 보이지 않았지만 한눈에 보아도 상당한 덩치였다. 수현은 순간, 이 상황에 개입해야 하나 고민이 되었다. 그냥 평범한 일일 수도 있는데 자신이 너무 지호를 불안하게만 본 건 아닐까 하는 생각 때문이었다.

하지만 그 순간 검은 후드티가 지호를 밀치고는 위협적인 태도를 보이기 시작했다.

"현금으로 가져오라고 했잖아요. 돈 어딨어요?"

겁에 잔뜩 질린 지호는 고개를 저으며 울먹였다.

"돈은 파피캔디 보여주시면 여기 근처 편의점에서 뽑으려고……."

"야, 돈을 갖고 오라고 했잖아! 이게 사람 시험하네?"

수현은 곧바로 검은 후드티를 향해 돌진했다.

"당장 그 손 안 놔?"

갑작스러운 수현의 우렁찬 목소리에 검은 후드티는 놀라 지호의 손을 놓았고 어이없다는 듯 수현을 쳐다보았다.

"당신 누군데?"

"나 얘 학교 선생님이고, 당신 경찰에 신고할 거예요. 학생 대상으로 사기에 협박에 폭력까지 행사해요?"

수현이 112를 눌러놓은 핸드폰을 들자 검은 후드티는 주위를 둘러봤다. 그리고 사람이 별로 없다는 걸 깨닫자 위협적으로 수현에게 다가오기 시작했다. 그때 편의점 카운터에 있던 직원이 소란스러움에 문을 열고 그들을 쳐다보았다.

"무슨 일이시죠? 왜 그러세요?"

편의점 직원의 등장에 당황한 검은 후드티는 후드를 더 깊게 눌러쓰고는 얼른 자리를 피했다. 수현은 그제야 협박 용으로 들고 있던 자신의 핸드폰을 내리고 지호를 돌아봤다. 지호는 아직도 겁에 질린 채 몸을 떨고 있었다.

"위험할 뻔했어."

지호는 그제야 안도의 눈물을 흘리며 훌쩍이기 시작했다. 수현은 그런 지호의 어깨를 토닥였다.

지호의 사건 이후 학교에서는 이제 중고 거래 앱 사용도 금지되었다. 아이들은 아침마다 앱을 모두 삭제한 후 핸드 폰을 제출해야 했으며 만일 중고 거래를 하다가 걸리면 큰 벌점과 학부모 상담까지 이어진다는 공지가 대대적으로 내려왔다.

"아, 누가 중고 거래 하다가 사기당해서 우리까지 못 하 게 된 거래. 누군지 얘기 들었어?"

"나도 몰라. 3반 민주라는 얘기도 있고 4반 시후라는 얘 기도 있고. 걔넨 다 아니라고 하는데 누가 믿냐?"

그들의 대화를 듣고 있던 유주가 즐거운 듯 아이들 대화 에 끼어들었다.

"야, 그러지 말고 공기계나 패드에 앱 깔아. 난 집에 있는

패드에 앱 깔아뒀어. 학교에서는 거래 못 해도 집에 가서 하면 되잖아."

"와, 대박. 그런 방법이 있었네. 아빠 안 쓰는 핸드폰 달라고 해야겠다. 안 그래도 좀만 더 먹으면 이제 파란 눈 될 거 같은데 학교에서 앱 지우라고 해서 짜증 났거든. 야, 어때? 내 눈 이제 곧 초록색 될 거 같아?"

아이는 유주에게 자신의 눈을 들여다보이며 킬킬 웃었다. 지호는 그 이야기를 들으며 고개를 푹 숙이고는 그들의 곁을 지나쳤다. 수현이 유주의 그룹 쪽으로 향하던 그때 노란 눈의 아이가 유주의 곁으로 다가왔다.

"정유주, 너 이번에 생일 파티 한다며? 난 왜 안 불러? 내 생일 때 너 불렀잖아."

유주는 아이의 노란 눈을 한참 보더니 시큰둥하게 대답했다.

"너도 오고 싶어? 그럼 와. 대신 우리 드레스 코드처럼 아이 코드가 있거든? 초록색으로 맞춰야 입장 가능해."

"초록색? 눈 색깔로 차별해?"

"차별이 아니지, 우리 그룹 코드인데. 네가 초록색으로 바꾸면 언제든지 환영한다니까?"

노란 눈의 아이는 잠시 생각에 잠기더니 이내 말없이 돌아섰다. 그 아이가 유주의 생일 파티에 참석하지 않을지, 아니면 눈 색깔을 바꿔서 참석할지는 아직 결정하지 못한 모양이었다.

수현은 파피캔디가 이제 차별의 첫 단추가 되어가는 모습에 걱정이 되기 시작했다. 아이들 사이에서 파피캔디를 먹은 사람, 아닌 사람으로 나뉘던 큰 그룹이 세분화되어 색깔별로 그룹을 만들기 시작하면 걷잡을 수 없는 분열이 일어날 것이 뻔했다. 그리고 분열된 조각들을 다시 맞추는 게 쉽지 않다는 것을, 수현 또한 잘 알고 있었다.

사실 파피캔디 통제로 인해 난리가 난 건 비단 수현의 학교만은 아니었다. 전국적으로 파피캔디 열풍이 더욱 거세지면서 학생들은 캔디를 구하기 위해 노력하고 이를 돈벌이로 활용하는 사람들까지 등장했다.

여론은 정부의 통제 정책이 실패했다고 연일 떠들어댔다. 정부 역시 수량 제한 정책이 유의미한 결과를 얻지 못했다는 걸 인정할 수밖에 없었다. 결국 더 큰 사회문제가 야기되기 전에 통제 정책을 멈춰야 한다는 대중의 요구에 정부는 파피캔디 유통 수량 제한을 전면 해제하였다.

"오늘부터 수량 제한을 해제하겠습니다. 파피캔디를 자유롭게 구매할 수 있습니다. 국민의 선택을 존중하겠습니다."

새벽마다 줄을 서던 고객들은 환호했고 학생들은 드디어 자신들의 눈 색깔을 자유롭게 바꿀 수 있게 되었다며 기뻐했다. 물론 통제를 원하던 사람들도 꽤 있었기에 갑작스러운 통제 해제에 실망하는 사람들도 많았다. 대중의 변덕스러움에 맞춰 오락가락하는 정책을 펼치는 정부의 무책임함을 비판하는 사람들도 있었다.

수현은 선택의 자유가 빼앗긴 곳에서 펼쳐지는 은밀한 거래들을 보고 난 뒤라 차라리 자유롭게 학생들이 선택하는 것이 훨씬 낫다는 생각이 들었다. 하지만 한편으로는 불안함도 마음속에 일었다.

수현의 심각한 얼굴을 보고는 옆자리에 앉은 민정이 웃으며 종이컵에 담긴 커피 한잔을 내밀었다.

"요즘 수현 쌤 얼굴이 말이 아니네. 애들 때문에 걱정돼서 잠이나 자? 저번에 중고 거래 하는데 쫓아간 게 쌤이라며? 용감도 하네, 큰일 나면 어쩌려고."

"그땐 그런 생각도 안 들었어요. 그냥 몸이 먼저 나갔죠."

"그래도 몸 사리면서 해야지. 학생도 중요하지만 선생님도 중요해."

"저야 뭐, 원래부터 사서 걱정하는 스타일이잖아요. 괜찮아요."

"잘 아네. 그러니까 앞으로 미리 사서 걱정하지 마. 어차피 벌어질 일은 벌어지는 거고 우리의 역할은 수습밖에 없어."

민정은 종이컵에 담긴 믹스커피를 한 모금 마시면서 수현에게도 한잔 건넸다. 수현은 따뜻하고 달콤한 향의 믹스커피를 물끄러미 바라만 볼 뿐 마시지 않고 있었다.

"그래도 수량 제한은 해제되었으니까 중고 거래 같은 건 줄어들겠죠? 그때처럼 위험한 일이 일어나지만 않으면 좋겠어요."

그제야 수현은 커피를 후룩 한 모금 마셨다. 따뜻한 커피가 목을 따뜻하게 데우며 넘어갔다.

수현은 한결 수업이 예전처럼 평화로워졌다고 느꼈다. 아이들도 더는 어딘가에 정신이 나간 것처럼 멍하지 않았고 곧잘 수현의 지시와 지도를 잘 따라왔다. 안정되어간다고 느껴지는 순간이었다. 수업 중 조별 과제를 위해 모둠을 짜기 전까지.

"선생님, 저 민지랑 같이할래요."

하지만 모둠은 원하는 친구들과 짜는 것이 아니었다. 앉은 자리를 기준으로 무작위로 섞어서 짰기 때문에 멤버를 교체하는 건 불가했다.

"그건 안 돼, 예솔아. 자리 기준으로 짜기로 했잖아. 친한 친구랑 하고 싶다고 할 수 있는 게 아니야."

"그렇지만 쟤네가 저 빨간 눈 아니라고 끼지 말라고 했단 말이에요."

수현은 예솔의 말에 놀란 듯 눈이 커졌다. 예솔의 눈은 초록색이었다.

"무슨 소리야?"

"애들이 눈 색깔이 다르면 따로 놀아요. 같은 색끼리만 논단 말이에요. 특히 쟤네는 자기들끼리만 얘기하고 저한테 조별 과제 조사도 따로 안 나눠 줘요. 선생님, 저 그냥 민지네 모둠 할래요. 거긴 다 초록색 눈이란 말이에요."

수현은 할 말을 잃은 듯 심각한 표정으로 아이들을 바라보았다. 그러고 보니 어느 순간부터 파란 눈은 파란 눈끼리, 노란 눈은 노란 눈끼리, 초록 눈은 초록 눈끼리, 빨간 눈은 빨간 눈끼리 그리고 보라 눈은 보라 눈끼리 어울리고 있었다. 그제야 수현은 그동안 자신이 느꼈던 묘한 위화감이 눈 색깔로 그룹을 구분하는 것에서 온다는 걸 알게 되었다.

문제는 하나도 해결된 것이 없었다. 그저 되찾은 자유로 인해 더 극심한 분열만 남은 것처럼 보였다. 무엇이 잘못이었던 것일까. 수현은 처음으로 원론적인 고민을 시작했다. 어쩌면 모두가 다 행복해지는 길이란 없는 걸까.

그리고 혼란이 채 가라앉기도 전에 또 다른 뉴스가 실시간으로 보도되었다. 수현은 이제 핸드폰 속 뉴스 기사를 보는 것이 두려워졌다. 자유가 방종이 되고 통제가 또 다른 통제로 이어지는 기괴한 연결고리를 보면서 점점 무엇이 옳고 그른지 헷갈리기 시작했다. 수현은 천천히 뉴스 헤드라인을 터치했다.

[속보] 파피캔디 관련 사회 안정화 대책 발표
– 색깔 통일 조치 시행

오늘 오전, 권동찬 국무조정실장은 관계부처 차관회의를 주최하여 파피캔디로 인한 사회적 혼란과 학생들의 건강 문제에 대한 인식을 공유하고 관련된 사회적 혼란을 해결하기 위해 특별 대책을 추가로 시행하기로 발표했다. 차별과 갈등을 유발하는 파피캔디의 색을 모두 회색으로 통일하는 강력한 조치가 시행될 예정이다.

권동찬 국무조정실장은 브리핑에서 "정부는 이전 파피캔디의 사회적 문제로 인한 수량 제한 정책을 실시하였으나 통제로 야기된 사회적 혼란 때문에 수량 제한을 해제한 바 있다"라며, "하지만 해제 이후 거듭 발생하는 불필요한 차별과 색깔에 대한 집착을 막고 사회적 통합을 이루기 위해 파피캔디의 색깔을 회색으로 통일하는 조치를 결정했다"고 밝혔다. 이번 조치는 교육부와 산업통상자원부, 보건복지부 이하 관계 부처가 협의한 끝에 내린 최종 조치다.

시행은 다음 주부터 파피캔디를 판매하는 모든 상점에 적용되며 이제부터 파피캔디는 단일 색인 회색으로만 유통된다. 권동찬 국무조정실장은 "앞으로도 정부는 국민의 건강과 사회의 안정화에 대해서는 단호하게 대처해 나갈 예정"이라며 국민의 이해와 협조를 부탁했다.

한편 전문가들은 이번 조치는 일시적 조치일 뿐, 문제의 근본을 해결할 수 없다고 지적하며 "유행은 어떤 것으로든 시작될 것이고 차별은 바뀌어서 나타날 것"이라고 주장했다.

너무 길게 않게 사랑해줘

© 강지영 민지형 배예람 양은애 최세은, 2024

초판 1쇄 인쇄일 2024년 11월 18일
초판 1쇄 발행일 2024년 12월 2일

지은이   강지영 민지형 배예람 양은애 최세은
펴낸이   강병철
편집   최웅기 박진혜 정사라
디자인   서은영
마케팅   최금순 이언영 연병선 송의정
제작   홍동근

펴낸곳   이지북
출판등록 1997년 11월 15일 제105-09-06199호
주소   (04047) 서울시 마포구 양화로6길 49
전화   편집부 (02)324-2347, 경영지원부 (02)325-6047
팩스   편집부 (02)324-2348, 경영지원부 (02)2648-1311
이메일   ezbook@jamobook.com

ISBN 979-11-93914-59-5 (03810)